헛된
슬픔

헛된 슬픔

초판 1쇄 발행 • 2011년 10월 20일

지은이 • 박순호
펴낸이 • 김영숙
편집 • 엄기수 노윤영 박지연

펴낸곳 • 도서출판 삶이보이는창
출판등록 • 2010년 11월 30일 제2010-000168호
주소 • 150-901 서울시 영등포구 영등포동2가 94-141 동아빌딩 402호
전화 • 02-848-3097 팩스 • 02-848-3094
홈페이지 • www.samchang.or.kr

＊지은이는 2009년 한국문화예술위원회의 창작지원기금을 받았습니다.

헛된
슬픔

박순호 시집

삶이보이는창

시인의 말

어떤 날은 시를 쓴다는 것이 눈물이었고 상처였다
또 어떤 날은 쓰여진 시가 눈물과 상처를 치유했다

부디 오랫동안 내 삶과 반죽되어지기를,

2011년 10월 남성리에서
박순호

차례

제1부

제2부

제3부

제4부

제
1
부

밤 이야기

도시 하나를 눕혀놓고 해석하려던 어설픈 밤, 그런 밤을

몹쓸 밤, 쓸모없는 밤이라고 해두자

야생동물이 자주 출몰한다는 도로에서 맞닥뜨린 뜻밖의 밤

고귀한 단순과 고요한 위대*

세련된 도시 쪽으로 눈길 한 번 주지 않는 밤

갓길에 차를 세워놓고 노루 새끼처럼 도로에 서 있는 시간

이슬을 맞으며 돌아앉은 밤

안개에 버무려진 밤을 야릇한 밤, 치명적인 밤이라고

해두자

  그런 밤이 나를 찾아오면 오슬오슬 온몸 떨게 하며 치
명타를 입히겠지

  문득 기억나는 어떤 문장 하나를 받아 써야 한다는 생각

  잠 못 들고 밤의 자작나무 사이에서 빠져나오는

  무릎을 가진 따뜻한 영혼에게 주어야 한다는 생각

  입김 같은 그런 밤을

  필수 불가결한 밤, 거세당한 밤이라고 해두자

• 로코코 예술의 세련성, 공허한 기교와 화려함에 대한 빙켈만의 반항

조개 무덤

연탄불에 올린 석쇠 위에서 굳게 입을 다문 조개들
가끔 뜨거움은 단단히 가두고 있던 옹졸한 내부까지 열
어주기도 한다는데
한없이 움츠러들며 연한 생살을 안으로만 끌어당기던
갯벌에서의 느긋하고 불성실한 소통
그러나 불꽃이라는 말을 알아버렸을 때
차갑기만 하던 몸 중심이 저절로 열리고
아, 이런 것이 끝이구나!
더운 파도를 밖으로 밀어내며 하나둘씩 쩍쩍 벌어진다
익은 살을 도려냈던 자리가 하나같이 매끈한 걸 보면
삶이란 들춰내고 보면 별것도 아니라는데
움막 내부를 이어주던 짧은 매듭
타닥, 불기둥에 끊어지고
울퉁불퉁한 껍데기를 벗어 던지며 하얀 속살을 보여준다
바닥과 지붕이 모호한 집터가 분리되어 탁자에 수북하다
오래전 어느 누추한 생이 이랬던가
조개 더미를 헤치면 오래된 유물들이 쏟아져 나올 것만

같다
　약해진 불꽃에서 비릿한 냄새가 풍기고
　나는 다시 쓸쓸한 밤을 견뎌내기 위해
　조개껍데기 안으로 들어가 불을 밝힌다

평강이에게

골목에서 맞닥뜨리기라도 하면
송곳니를 보이며 으르렁거렸다
눈곱으로 뒤덮인 퀭한 눈
적의가 복사되어 나오는 것처럼
표정에 흔들림이 없었다

궁리 끝에 평강이라고 불렀다
밥은 먹었느냐
잘 잤느냐
아픈 데는 없느냐
만날 때마다 평강아 평강아
불러주었다

과자를 들고 유혹해보지만 꿈쩍도 않는다
딱 일 미터 정도를 허락한 사이가 되었을 때도
새침하게 돌아서는 평강이

내게 남은 생을 의탁하고 싶다던 여자처럼
평강이가 처음 왔을 때도 상처투성이였다
모시 같던 털은 땟물이 지워지지 않아
쾌쾌한 냄새를 게워냈다
머리통에 덕지덕지 붙은 마른 피를 앞발로 긁으며
끙끙거렸다

서울역에서 보았던가
추루한 몰골로 벽에 기대어 있는 사람
축 늘어진 몸에서 치욕의 흔적을 엿본다
천 원짜리 지폐 한 장을 덥석 낚아채 가는
늙은 여자와의 교감은 짧게 끝나고

돌아서는 지하차도에서 평강아 평강아
나지막이 불러보았다

헛된 슬픔

비닐봉지 안에 담긴 두부 한 모

물기 흥건한 두부 한 모가 달랑달랑 흔들린다

종종걸음으로 골목을 빠져나가는 계집아이

수수꽃다리 담장 집 여섯 살 딸아이

오른손에 들린 부드런 두부처럼

새순을 닮은 아이가 대문을 통과한다

한 사내의 여자가 되고

친정집을 그리워하고

자식을 낳아 기르는 동안 셀 수 없이

입 속으로 들어가는 따뜻한 두부 조각들

정 가진 사람의 슬픔 한 모

초콜릿과 어머니

녹아 없어져야 할 것이 많다던 어머니
그러나 내게 녹지 말아야 할 것은
달콤쌉싸름한 초콜릿 한 조각이었다
햇빛이 내리쬐던 날
제발 녹지 말아라 제발……
아껴야 할 것이 따로 있다고
아가, 어서 입 속에 넣으렴
한 손에는 무거운 가방을 들고 다른 한 손으로
내 등을 토닥여주던 어머니
은박지를 비집고 새어나오는 끈적끈적한 저것,
말랑말랑한 저것,
내 작은 손에서 얼굴로 옮겨 와 착 달라붙었다
아가, 벗어나렴,
공부 잘해서 꼭 벗어나렴,
얼굴에 찍힌 검은 짐승의 발자국을 말끔히 닦아주던 어
머니
푸른 안개 속을 헤매는 젊은 사슴처럼

창밖을 내다보는 어머니는 작고 예뻤다
버스에서 내려 맨 처음 바라본 서울 하늘 밤은 흐렸고
초콜릿 빛깔이었다

가지런한 초콜릿 한 조각을 떼어 입 속에 넣어본다
녹아 없어져야 할 것이 참으로 많다던 어머니
더욱 견고하게 굳어져서 내게 대물림되고
녹지 말아야 할 것은 여리고
순한 초콜릿 한 조각이었다

방수를 하다

질척거리는 불빛 아래 장화를 신은 방수공
챙, 챙, 챙챙챙······
날카롭게 벼린 정의 머리에서 불꽃이 튄다
힘껏 내리친다 쇠망치의 뜨거움이
벽 하나를 집어삼키며 절절 끓는다
질긴 삶을 끊어버릴 듯
챙, 챙, 챙챙챙······

바닥을 파고드는 예리한 정처럼
상처를 쪼아내고 싶었지만
나라는 액체가 당신이라는 벽에 녹아내려
냉기와 습기를 막아주려 했지만
당신의 균열은 깊고 위험하다
썩은 물이 흐르는 내부다

방수가 필요한 시대
가난에서 비롯된 참사 위에

슬픔을 동반한 습한 길 위에
사정없이 솟아오르는 눈물이라는 놈
방수액을 침투시켜 밀폐한다
꾹 틀어막는다

밤새

콘크리트 덩굴손이 허공을 짚는다
정해진 한계에 마침표를 찍으려고 야단법석이다
오만상을 찡그리며 헐떡거리지만
땀 냄새도 나지 않는다
물컹한 머리는 오래지 않아 건조한 몸통으로 퇴화하고
무뇌아처럼 굳어가는 벽을 향해
오줌을 갈기거나 낙서를 하던 인부들도 퇴근을 서두른다
수첩에 기록된 일정이 서둘러 지워지듯
겨울 해는 짧다
하지만 나의 일이 끝나기에는 이른 시간
집으로까지 이어지는 노동은 말을 아껴야 한다
시의 동굴은 길고 좁은 데다가
삽날이 지나간 자리
버려진 문자 더미에 자주 길을 잃기 때문이다
밤새,
세상의 창틀에 앉아 있던
달의 선한 눈빛을 기억한다

전자계산기

그는 아침 일찍 출근해서 퇴근할 때까지 숫자 속에서
허우적거린다
담배를 피우는 일과 점심을 먹는 일 빼고는
컴퓨터 앞을 떠나지 못한다
회사 매출과 관련된 숫자는 신록新綠을 누리다가도
어느 날 추풍낙엽이 되어 우리의 식탁을 가볍게 할지도
몰라,
두툼한 안경 너머로 세 번씩 계산기를 눌러 확인하는
습관 탓에
상사로부터 꼼꼼하고 완벽하다는 평을 받는 유망한 사
무원이다
하지만 그의 교주는 컴퓨터가 아니다
컴퓨터를 능숙하게 다룰 줄 알지만
몇 차례 갑작스런 정전과 바이러스로 중요한 숫자들을
잃고 나서부터
그의 손엔 전자계산기가 떠나지 않았다 한다

가늘고 긴 손가락을 가진 그의 손놀림은 가히 신의 경
지에 이르러
　컴퓨터가 토해놓은 결과물에 소수점까지 일치한다
　그렇게 되기까지 몇 번의 물집을 지었다 허물어뜨리고
나서
　검지손가락 지문은 닳고 닳아 동심원의 행방이 묘연하
다 한다

　가끔씩 그는 가계와 관계된 세금과 이자를 따져보며 계
산기를 누른다
　숫자에 대한 철학과 세계관이 정립된 그에게
　뭐라 말할 사람은 아무도 없다
　사실 그가 개인적인 일을 하고 있는지조차 모르지만
　꿈속에서 발 달린 숫자들이 걸어 다니거나
　얽히고설킨 숫자가 만들어놓은 덫에 걸려 넘어지거나
　낭떠러지로 추락하는 꿈을 자주 꾼다 한다

스트레스성 편두통으로 왼쪽 귀를 뚫은 그가 늦은 밤
퇴근을 서두른다
　　그의 가방 안쪽에 손바닥만 한 전자계산기처럼
　　뒷모습이 납작하다

세탁기

구겨진 빨랫감이 세탁기 앞에 수북하다
옴짝달싹 못하게 바지와 티셔츠가 꼬여 비명을 지른다
엉덩이에 가슴이 포개지고 목덜미가 허리 안으로 파고
든다
둥그란 유리 내부
극도로 혼란스러운 비참한 일상이 돌고 돈다
밤새 터진 사건사고에 붉은 혀들이 한 뼘씩 자라나고
저, 긴박한 흐름에서 건져 올린 물음들이 유령처럼 하
얗다

우리는 둥그란 감옥에 소속되어 입버릇처럼
마지못해 산다고 말한다 그러면서
무기력한 감정에 휘둘리기도 하고
돼먹지 못한 위정자들을 욕하기도 한다
그리고 비밀리에 전송되는 테러의 장소와 시간
지표 아래 엄청난 강도의 지진이 탐지되는 위험한 세계

문득 당신의 억양이 생각나지 않는다
잃어버린 시점도 기억나지 않는다
아침에 나갔다가 때 묻은 옷을 세탁기 앞에 던져놓으며
따뜻한 뉴스를 듣는 날도 있다
마지못해 산다는 말
말 그대로 입버릇일 뿐
당신과 나는 말 한마디 없이도 잘 견뎌낸다

집집마다 낮과 밤을 가리지 않고 세탁기가 돌아간다
빙글 빙글 빙그르르르……
호스에서 핏물, 타액, 땀, 머리카락이 쏟아져 나오고
단추 하나가 세탁기 안에 남아 있다

땜빵

1

소나기가 덜 마른 미장 바닥을 훑고 지나간다
십 분도 채 되지 않아 다발성 흉터를 남겨놓고 그쳤다
바람 든 무처럼 숭숭 뚫려 있는,
위험한 결핍
땜질, 채움, 사춤보다는 귀에 쉽게 들어오는 말

땜빵이라는 두 글자에는 벌어진 간격이 있다
엇갈린 지점이다

2

벽돌로 쌓은 욕실에 파도가 높아질 기미가 보인다 사각
의 앵글 안에서 남은 인생을 조명하겠다던 곰보투성이
김씨 얼굴에서 한 점을 찾는다 가장 깊은 구멍을 들여다

보며 땜빵이란 말을 입 속에 담아두곤 하는데

　김씨의 삶은 흑백이 아니다 그건 공장을 떠돌아다니며
고개를 숙이고 다녔을 때 얘기다 지하철 벽 타일 장식에
끌려 그 길로 곧장 바닥과 벽에 수를 놓기 시작했다 한다
얼굴 절반을 가렸던 머리를 자르고 밝다, 구멍마다 빛의
살점을 떼어내 땜빵한다

　낚시를 좋아하는 타일공 김씨가 파란 타일을 들고 섰다
　욕실에 두 평 남짓 해안을 펼쳐놓고 파도를 기다린다
　바다와 바다를 가르는 각진 선이 불러오는 갈매기
　욕조에는 해초가 무성하고 귀신고래가 산다

　바다를 한 장 한 장 이어가는 등 뒤에서 풍기는 비린내
　김씨의 욕실은 배가 되어 너울성 파도를 가르는 중이다

청개구리

지하주차장 콘크리트 벽
지하실은 그대로 거대한 북이 된다
몸뚱이 전체가 울림통이 되어 둥둥거린다

손전등을 따라 방수공사를 확인하러 가는 습한 길
꽉 찬 울림은 빠져나갈 곳을 찾지 못하고
물방울로 맺혀 떨어진다

모가지까지 친친 감아버린 소름 돋친 고요

바닥 어디선가 첨벙거리는 소리가 들린다
누군가 북채를 쥐고 둥 튕긴 것일까
여기저기 불빛을 던지다가 멈춘 자리
또 한 번 북이 울린다

하마터면 그냥 지나칠 뻔한 기둥 아래
시멘트 빛깔을 가진 엄지만 한 어떤,

지하 십 미터 어둠 속에 꼼짝 않고 있는 저것,
개구리다, 청개구리다

몸속에 울림을 키우며 내게 타전을 보낸 거니
북채를 든 거니

개구리는 오래된 햇살을 기억해내려는 듯
함초롬히 손바닥에 올려져 있다
무거운 옷을 걸쳤던 기억 저편

청빛을 띤 옷자락이 나풀거린다

기초의 순장

평생 떠받들고 있어야 할 엎드린 생이 있다
등에 지고 스스로 내려놓지 못하는 무거운 생이 있다

가가호호
자동차, 가전제품, 가구, 책이 쌓여가고
식구가 늘어난다
구둣발이 등뼈 위를 눌러 찍을 때마다
지하수위가 바뀌어 누수되는 몸
참다못해 벽체에 금을 그어놓곤 하는데
저리 고약한 업業이 또 있을까

재건축 현장
흙을 파헤치는 곳마다
도난당했던 내 기억의 늑골이 발굴된다
매립되었던 꿈의 모서리가 노출되고
뾰족한 기억으로부터 물길이 치솟는다

공사에 동원된 인부의 이름이 기록된 수첩과
낱장의 설계도, 바람 섞인 햇살
부러진 손톱과 핏방울이 말라 있는 기초의 순장

거대한 뿌리가 햇빛에 조명되는 시간은 짧다

틈

엿보다, 비집다, 노리다와 같은 동사 앞에
곱게 단장한 단어를 골라 넣지 못하던 시절
불길하고 음침한 골짜기를 품속에 넣고 다니던
날카로운 날들이 있었다

음흉하고, 얍삽하고, 기회주의라는 어휘들을 대입하며
우물쭈물하던 나에게 능멸을 일삼던 틈새
더러운 즙이 찔금찔금 새어 나왔다

나를 거들먹이며 수군거리던 심장을 향해
가슴 안쪽에 주먹 칼로 그어버리라고 계시하던
위험한 종교를 따라가기도 했었다

그러한 칼날이 무디어지고 녹이 슬기 시작한 건
유리구슬이 바닥을 스치고 간 둥근 한 면처럼
주사위가 바닥에 접했던 점들처럼
정확하게 짚어내지는 못하지만

알 수 없는 틈 하나가 생겨나면서부터였다

엿보다, 비집다, 노리다 같은 동사 앞에
틈새라는 명사를 가만히 내려놓는다
구름과 나비가 통하는 문
삶이 넓어지고 평편해진다
환한 눈썹이 달린다

소음에 대한 당신의 의도

낭창낭창한 전깃줄이 바람에 우웅―
거린다 구름 사이를 비집고
전깃줄의 탄력에 튕겨져 오른다

나비 닮은 구름을 따라 짙은 문양을 새겨 넣는
바람의 획

지상에서 숫는 소음과 뒤섞인다
베란다 새시 유리를 파고들어 온다
유리에 부딪칠 때마다 당신은,
문자가 도드라져 독서에 집중할 수 없다며
여러 차례 항의 전화를 해온다

52, 58, 42, 62, 64, 43, 50…… 데시벨
간헐적인 충격음일 뿐이라고 해명했지만
공사가 한창인 창밖을 기웃거리며
더 이상 참을 수 없다고, 시청에 민원을 넣겠다고

화를 내며 언성을 높인다
은근슬쩍 보상에 대한 이야기를 꺼낸다

바람이 전깃줄을 붙잡으려다 놓친다
소음측정기의 숫자가 빠르게 바람을 따라잡는다
도로가에 접해 있어 자동차 소음에 익숙한 당신은,
숫자가 줄어들지 않길 바라는 표정이다

태풍을 만나다

나무토막으로 눌러놓은 평면도
물 밖으로 나온 물고기처럼 파닥거린다
거리를 가늠하며 줄자를 당기려는 사이
평면도를 낚아채 가는 바람의 억센 손아귀
나와 벌어진 간격이 어디쯤인지
짐작할 수 없는 곳으로 떨어져 나가고
사각의 모서리를 치켜세운 기호만 남는다
구월의 빠른 구름에 표창이 되어 박힌다

피해를 입은 사람 하나같이
태풍의 눈과 마주쳤다고 한다
작은 바람이 큰 바람 몸속으로 들어가 핏줄이 되고
몸집이 커진 회오리바람은 산과 들을 지나며
바람 새끼를 낳는다
사람의 것을 영영 못쓰게 만든다
천길 벼랑 아래로 밀어붙인다
어서 내려가라며 여기저기 외마디 비명을 지르는

아슬아슬한 목숨들

계단을 타고 내려오는 길
모래는 누구의 집을 지으려 강풍을 타고
공사장을 누비는 걸까
나도 거처가 필요한 걸까
지상에는 몇 그루 어린 나무가 뽑혀나가고
순식간에 플라스틱 의자 하나가 내 뒤편으로 사라진다

엄나무 모과나무 다시 엄나무

1

언덕 중심 양팔을 벌린 간격으로 엄나무 모과나무 다시
엄나무 서 있다
처음 이곳에 올라왔을 때,
굵은 몸통만이 시야에 꽉 들어찬 탓인지
그늘이 넓어 느티나무일 거라 짐작하며 측량하는 사람
을 내려다보았다
어깨에 괭이를 메고 온 노인이 다가왔다
대뜸 칠팔십 년은 되었을 거라며 목청을 높였다
다시 노인은 손가락을 꼽더니, 모과를 심은 게 언제였
더라
(모과나무에는 파란 모과 몇 알이 달려 있다)
어디 보자
손자 놈이 태어날 때쯤이었으니까 아마 열다섯 해를 넘
겼지
귀신 들린 사람처럼 묻지도 않는 말을 내뱉고 포도밭

사잇길로 사라졌다

　나는 기껏해야 옛집 대문 앞에 가시투성이 작달만 한 엄나무만을 생각하고 있었으니 한참동안 그늘에 가려졌다
　한방에서 긴요하게 쓰이는 약재, 해동목海桐木이라 했던가
　험상궂은 가시는 귀신의 침입을 막아준다 했던가
　엄나무 가지 사이에 마을로 통하는 전깃줄이 아슬아슬하다

　2

　포클레인이 야금야금 언덕을 파먹기 시작했다
　아파트가 들어선다는 소문이 사실이라는 듯 덤프트럭이 시골 도로를 누볐다
　토목업자는 모과나무 앞에 북어포와 막걸리를 차려놓

고 연신 절을 하며 고개를 조아렸다

　포클레인이 모과나무를 순식간에 쓰러뜨렸다

　모과 알이 언덕 아래로 데굴데굴 굴러갔다

　이번엔 굵은 몸통을 몇 차례 후려쳐도 상처만 낼 뿐 꿈쩍도 않고 버티고 있는 엄나무

　안되겠다 싶은지 나무 밑동 주위를 둥글게 파내는 포클레인 앞에

　으르렁 하얀 송곳니를 보여주며 안간힘을 썼다

　오, 맹렬하게 버텨냈던 세월에는 피 한 방울도 보이지 않고 해가 지는구나

　엄나무 속살은 찢긴 명태포처럼, 닭 가슴살처럼 하얗게 쪼개져 나뒹굴었다

　3

　나는 내 직업이 싫었다.

꿈속에서 엄나무 잎의 울음소리를 들었다
누군가 내 뒤를 따라다니며 파란 모과를 던졌다
생계란 어쩔 수 없는 것이었다

제
2
부

시 쓸 때와 씻을 때

직장 동료가 하루 중 언제 가장 행복하냐고 묻는다
참 뜬금없는 말이다
잠시 머뭇하다가
시 쓸 때라고 말했더니
퇴근해서 샤워를 할 때 가장 행복하다고
맞장구치며 활짝 웃는다
시 쓴다는 것은 마음을 씻는 것
삶의 덩어리가 나뉘어지는 것
오늘 저녁 사우나 약속을 잡는다
어쩌면 깨끗한 시 한 편 얻어올지 모르니

귤을 까먹으면서

어깨에 털어내고 남은 눈송이가 따라 들어온다
축축한 외투를 받아줄 아내는 외출 중이다
귤 바구니에서 풍기는 향긋한 냄새가
냉랭한 집 안을 채우고
외로움처럼 침이 고인다
내일이나 오겠다는 아내의 문자를 다시 읽으며
귤을 까먹는다
온기가 돌기 시작하는 거실에 누워
텔레비전에 눈을 박아놓고 귤껍질을 벗긴다
밥 생각이 없다

밖에는 눈이 퍼붓고

유산

돌아가신 할아버지
밥은 근육이라 했다
한식이 오기 며칠 전
근육은 피와 버무린 흙이라 생각했다

돌아가신 할머니
씨앗의 인생은 흙에 덮이는 거라 했다
다시 한식이 다가오고
수확은 생명의 연장이라 생각했다

돌아가신 아버지
새순은 새의 날개라 했다
밭둑에 아무렇게나 놓아기르는 강낭콩의 새순을 만져
본다
새의 부리를 닮은 뾰족한 새순에 관한 얘기만 했을 뿐
그럴듯한 유언 한 줄 없이 눈을 감았던 봄

살아생전

두 분의 발바닥은 진창과 자갈밭을 고르며 뒤꿈치에 지도를 남겼고

한 분의 발바닥은 도시의 후미진 곳에 낡은 보도블록 몇 장 남겼다

스티로폼 박스에 고추, 토마토, 상추를 키우는 홀어머니

문득 내가 받을 유산은 씨앗일 거라 생각이 들었다

농사꾼으로 살기 싫어 도시로 도망쳐 나온 아버지

나는 농부의 자식이 아니었으나 어머니는 간간이 흙을 그리워하셨다

울울창창 질긴 본능을 억누르고 있는 씨앗들

스티로폼 박스가 더 필요하다는 어머니의 등이 씨앗을 닮았다

낡은 생각들이 주검으로 변해 있던 어느 날

아시다시피 생각을 놓치는 건 한순간이다
미풍에 터져버리거나 날아가기 일쑤다
행여 귀한 손님이 떠나버리기라도 하면 어쩌지
급하게 종이와 펜을 꺼내드는 날

사람의 손이 타지 않은 처녀지
태초의 날것 그대로 어디에도 속하지 않으면서
우주를 떠도는 자유의 몸
그 생각의 덩어리를 잡으려고 움츠린다

초침과 초침 사이
바람과 바람 사이
덫을 쳐놓고 진을 친다

더러는 살집이 통통한 녀석이 걸려드는 행운도 따르지만
놓치고 마는 더러운 기분을 경험하기도 한다

꼬리에 꼬리를 무는 미묘한 감정까지 끌어당긴 끝에
내면의 방으로 조심조심,
피가 뚝뚝 떨어지는 심장을 옮겨 왔지만
떨림은 곧 사그라진다

이미 오래전에 내 생각을 들켜버린 것처럼
누군가에 의해 해석된 동일한 몽상
행간에 갇혀 더 이상의 번식은 어렵다
늦은 생각들이 싸늘한 죽음으로 엎드려 있는 저녁
잠을 청하다 말고 어둠 속에서 휘갈겨 쓴 나의 필체가
가엾다

고양이

건조한 밤을 횡단하던 검은 고양이
보행로와 신호등이 없는 도로 갓길
둥글게 몸을 말고 죽었다
갖고 있었던 소지품은 죽은 쥐 한 마리가 전부였다
먹고 싶은 게 많다고 항의하듯
아가리를 벌린 채 눈을 부릅뜨고 있다

고양이의 죽음에 대해 이렇다 할 만한 단서가 없다
차종이 무엇인지 과속을 했는지
운전자가 여자인지 남자인지
음주운전을 했는지 졸았는지
어쩌면 고양이를 친 운전자는 머리를 긁적이며
그런 일이 있었나
고개를 갸우뚱거릴지 모른다

갈비뼈가 드러나고 구더기가 슬기 시작한다
몇 마리의 고양이가 다녀가긴 했지만 그것은

늘 다니던 길목 장애물에 지나지 않는다
햇빛과 공기와 바람이 주검을 치울 동안
묵묵히 견뎌내는 고양이
한세상을 끝낸다는 건 그리 간단한 문제가 아니다

사거리에는 며칠째 교통사고 목격자를 찾는다는 현수
막이 걸려 있다

냉이꽃

콘크리트 틈새에 뿌리 내린 냉이 하나
그 좁은 틈을 비집고 밀어 올린 다부진 몸뚱이에서
긁힌 상처와 상한 흔적이란 찾을 수 없다
다만 전생에서의 봄이 그리운 건지
외로움이 극에 달했는지
낮은 자세로 착 가라앉아 있다

맞은편 건물 측벽을 바라보면서
옆으로 뻗는가 싶더니 위로 고개를 쳐든 냉이
하, 눈부시다
둥글게 펼쳐놓은 잎은 균열을 막고 선 당당함처럼
푸른 깃대처럼 건물과 건물 사이
삶을 단단히 움켜쥔 손톱처럼
맹독을 품고 있는 동물성의 냉이 하나

가끔 찬란한 문명 안으로 씨앗이 흘러들어 오는 일이
있는데

불행히도 바닥에 내려앉을 때가 있다
구둣발에 짓눌린 씨앗에 대한 책임 공방은 찾을 수 없고
바람에게서도 물을 수 없다
니은자로 허리를 곧추 세운 냉이 하나
봄 햇살에 호사를 누리는 냉이꽃

책 도둑

전셋집 대문에 걸린 우편함
종종 낙엽과 먼지가 고여 있어 내 방처럼 쓸어내리며
우편물을 정리했다
그러나 언제부터인가
함에 찔려 있었던 우편물은 더 이상 내 것이 아니었다
어쩌다 어렵게 시를 발표한 문예지
해를 넘기고 몇 차례의 눈발이 지붕에 쌓였다가 녹아내
렸을 뿐
우편함을 열 때마다 뭉쳐진 어둠만이 풀어져 내렸다
내부를 들여다보다가 만난 담당 집배원
일일이 기억하기 힘들다며 손에 쥐여주는 건,
밀린 세금을 독촉하는 컴퓨터 용지의 협박성 짙은 공포
였다
우편상의 착오가 생겼나 보다 했다
그러나 사건은 끝이 아니었다
구독하고 있는 문예지 봄호 겉봉투가 대문 앞에 버려져
있었다

'미안해요, 우편함엔 당신의 책이 분명히 있었어요'

　뜯겨진 봉투가 입술처럼 웃고만 있었다

　하고많은 책 중에서 문예지라니!

　식은 밥처럼 뻑뻑한 일이었다

　미궁 속으로 빠져드는 사건에 대해 아래층 주인집도 묵
묵부답

　시를 통해 반란을 꿈꾸는 사람이 있었던가

　시에서 뿜어져 나오는 살기와 독을 두려워하고

　순전히 시 때문에 고주망태가 되어보고

　시의 덧문을 열어본 사람이라면,

　그리하여 시가 주는 손수건 한 장쯤은 갖고 있다

　문예지를 훔친 당신,

　그 밀봉된 봉투를 열어본 건 인생의 커다란 실수인지
모른다

　당신의 영혼을 평생 덜덜 떨게 만드는 오한 같은 것이
니까

선운사 노을 지다

장어집 화단에 석류나무 서 있다
작달만 한 가지에 주먹만 한 석류 한 알 달려 있는 해
지는 오후
노을을 야무지게 품고 있는,
똘망똘망하게 생긴 석류의 뺨이 불그스레하다
참배를 마친 사람들이 삼삼오오 선운사 밖으로 빠져나
가고
저걸 슬그머니 따 먹기에는 부끄러운 손
침을 삼키며 어둠을 기다리는 시간은 지루하다
풍천 장어 살에 곁들인 복분자에 불콰해지는 얼굴
"저놈 봐라 저기, 석류를 보는 것 같애"
할아버지 웃으신다
속내를 들킨 것처럼 붉음 위에 붉음이 덧씌워진다
날은 어두워졌는데,
그만 석류에 대한 생각을 잊고 말았다
다음 날 가 보니 노을 머금은 석류는 온데간데없고
생이파리들도 잃어버린 석류를 찾으려는 듯

바람만 불면 후닥닥 떨어질 기세다

젠장!

괜한 홧김에 도솔암 쪽으로 걸음을 옮겨본다

석류 같은 노을이 서쪽에서 번지기 시작하고 있다

기시감

분명 와서 본 적이 있었는데

생각의 결이 닫히기 전
내 두 다리는 처음이라며 행인에게 길을 묻는 것이었다
풍경은 놓아주라고 타이르듯
여우비를 뿌리며 젖은 날개들을 내밀어도
굳어가는 밀가루 반죽처럼 시선은 고정되어 있었다
걸으면 걸을수록 야릇한 느낌은 풍경을 끌어당기고 있
었다

저기, 풀을 뜯는 소들은 내 어미였을지도 모른다
생의 그늘을 둥글게 늘어뜨린 느티나무 아래
긴 꼬리로 엉덩이를 치며 파리를 쫓는 소의 모습에서
평생 오른쪽 주먹을 쥐고 가슴팍을 치던
청자 빛깔 사금파리가 보였다

어쩌면 저 목동은 내 아비였을지 모른다

느티나무에 걸터앉아 피리를 불다가 싫증이 나면
시를 쓰거나 불온한 서적을 뒤적거리다가
대지 위를 횡단하는 나귀의 방울 소리를 들었을까
몽상에 잠겨 있는 둥근 모자 위
시정잡배로 살다 간 뜬구름이 보였다

초원이 끝나고 흙벽돌 가옥이 마을을 이루고 있다
어느 늦은 저녁 모퉁이 가게에서 풍기는 빵 냄새는
주린 기억을 데리고 나오는데 그것들은
썩지 못하는 가난의 잔뿌리가 남아 있기 때문이라고
얄궂다, 깔깔거리며 달아난다
점조직화 되어 있는 시간을 붙잡아 세워놓아도
스산한 꿈처럼 펄럭거릴 뿐

저만치 아낙의 등에 업힌 아기가 길 위에서
자꾸 칭얼거리고 있었다

복고풍

가난한 습성을 버리지 못한 탓이라 했다
장롱에도 들어가지 못하고 박스에 구겨져 있는 옷가지들
구질구질 궁상을 떤다며 이제 그만,
내다 버리라고 타박하는 아내
아내는 한 시대의 유행을 통과했던 바람의 퇴물을 알기
나 할까
솔기가 뜯겨지고, 보푸라기가 부슬거리고, 단추가 떨어
져나갔지만
청춘을 곱게 주름잡아 주었던 색 바랜 천 조각들
개켜진 옷에 대한 육신의 예의를 알기는 할까

한때 저 옷을 차려입고 어딘가에 놓여 있었다
예식장과 장례식장에서
지하철과 시장에서
애인의 집 앞에서
추억을 묻혀 돌아오는 길고 긴 실들의 향연에 초대되었다

올해는 복고풍이 대세라며 유행에 민감한 사람들이 부산을 떤다

옷장을 쉴 새 없이 열고 닫는다

패션모델의 워킹을 따라하면서

오래된 추억을 밟듯 사뿐히 들어 올린 발끝을 쳐다보면서

좀약 냄새 풍기는 박스 속의 옷을 들춰본다

햇빛 아래를 활개 치며 다닐지도 모른다는 생각의 안쪽,

오래 입어 해지다 못해 무릎이 찢겨나간 청바지가 펼쳐 있다

값비싼 돈을 치르고 찢어진 옷들을 쇼핑백에 담아 가는 사람들

더 오래된 과거를 헤치며 뚜벅뚜벅 창 너머의 시간을 끌어당기고

복고復古의 바람은 추억을 데리고 빠르게 불어왔다

그가 집에 없을 때

현관문이 열렸다가 닫힌 아침
집 안에 혼자 남아 있는 불안한 시간들을 줍지 못해
문밖을 나선 그는 출근길 내내 조마조마하다
중독성 강한 독을 제조하고 있는 것처럼 집 안의 공기
가 위험하다
도시를 내려다보는 그녀의 눈은 반쯤 풀린 아픈 맹수
같다

그녀가 혼자 남게 되면 사물에게 말을 건다는 사실에
대해 짐작은 했지만
그는 정확하게 짚어내지 못한다
천장 구석을 물끄러미 차지하고 있는 거미에게도
산세베리아에게도
잠깐이지만 점자 모양으로 찍힌 방충망 밖의 깃털에게도
아가리처럼 문이 열린 붙박이장에게도

무거운 덩어리를 몸 밖으로 옮겨놓기 위해 자꾸만 말을

걸었단다

　그녀가 먼저 말을 트고 나니까,

　사물들이 말을 건네 오기 시작했단다

　드디어 말이 섞이고 엿가락처럼 흐물흐물 녹아내리는

경계

　입이 없는 것들에게 붉은 입술을 꼼꼼히 달아주면서

　소리가 없는 것들에게 주파수를 던져주면서

　하루 종일 뭐라 중얼거리며 거울을 보고 있는 그녀

　전화벨 소리도 듣지 못한 채 대화에 열중하며 웃는가

싶더니

　갑자기 얼굴색이 확 변한다

　화분의 꽃 모가지가 꺾이고

　건조한 도시를 찢듯 방석이 뜯겨나가고

　와장창,

　거울에 갇혀 있던 비참한 시간들이 거울 조각 사이로

빠져나간 뒤,

걱정 근심을 달고 사는 그가 점심시간을 틈타 현관문을
연다

　거미는 더 깊은 틈 속으로 기어 들어가 찾을 수 없고
　모래집 터는 멈추지 못하고 그녀의 어깨처럼 흔들린다
　그렇게 그의 위로와 그녀의 폭력이 거듭되는 집 안에서
날마다
　부서진 집기들이 쏟아져 나온다
　그녀의 주치의는 절대 혼자 내버려두지 말라고 거듭 강
조한다

우리 동네 동장 아줌마

문예창작을 전공했다는 동장 아줌마의 세련된 언어들은
무기력한 오감을 자극한다
군대 가 있는 큰아들에게 편지를 쓰고 나서
자작시를 동봉하는 일
내가 시를 쓴다는 사실을 알고부터는
편지봉투에 풀이 붙여지고
강원도 철원으로 날아가기 전
우리 집에 도착하는 자작시 한 편
하얀 티슈처럼 가볍지만
밥이나 먹으라는 아내의 말을 못 들은 척
문장을 짚어보며 결을 매만지는 일
참 정갈한 마음이다
달빛을 쬐는 느낌이다

이사 가는 날

문득 시를 쓰고 싶은 날이 있다
그것은 느닷없이 찾아오는 설사병과 같아서
바지를 내리지 않고서는 모든 장소가 불편하다
꽃길을 걷는 미인을 봐도 미칠 지경이다
배를 움켜잡고 괄약근에 잔뜩 힘을 주고 있으면
아, 정말이지 아무것도 보이지 않는다
볼일을 보고 나서야 팽팽했던 긴장이 변기 구멍으로 빨
려 들어가듯
때를 놓치고 나면
그 귀한 시간을 칭칭 감아올렸던 문장은 온데간데없다
쏟아버리기 전에 신문지에라도 옮겨놓아야 할 껌 같은 시

방에 꾸려진 짐이 수북하다
내일이면 시골로 이사 가야 할 안산에서의 마지막 밤
자꾸만 노적봉 인공폭포 소리가 들려온다
식물원으로 이어지는 도로와 이익 선생 묘가 아른거린다
두루마리 화장지처럼

한번 잡아당기면 술술 풀릴 것 같은 느낌만으로 시를 잡아당겨 본다

언제 풀릴지 모를 짧거나 긴 문장들이 어수선한 방에 나뒹굴다가

깨지기 쉬운 물건을 보호해줄 종이 뭉치,

그랬다, 시는 늘 내게 상처의 약한 부위를 감싸주는 보호막이었지 싶다

밤이 곱다

유리창을 깨고 들어올 것 같은 초승달

저 초승달을 끌고 일동一洞에서 남성리南城里의 창 앞에 매어 놓아야 한다

이층집을 오르내리던 경쾌한 계단도

벌렁거리던 아카시아 낮은 숲은 그 자리에 가만 놓아두고 이사를 가야 한다

브랜드에 대하여

브랜드 없는 신발과 옷 따위는
가난을 보증하는 증표라 생각했다
색상이 화려하고 질감이 좋아도
매력적이지 못했던 재래시장 리어카 상품들
양말까지 브랜드를 고집하며
가난을 속여왔던 완벽한 시절이 있었다

이름으로 가득 찬 세계
시공간을 떠다닌다 하지만,
선택에서 자유롭지 못한 생이여
나긋나긋한 유혹, 저것들에게
품위 있는 죽음이 있을까
집 안 구석구석 종이 박스가 쌓여간다

부채표 까스활명수 병뚜껑을 만드는 공장에서
단 한 번도 부채처럼 활짝 펴보지 못하고
나의 철없는 시절에 묻혀 폭삭 늙으신 어머니

이제는 나만의 브랜드가 되어 밝게 웃으신다

집으로 가는 길

영도다리 철골 아치를 통과하는 갈매기를 보며 집으로
가는 길을 떠올렸네

사람들이 바닷길로 모여들고 출항을 서두르는 몇 척의
뱃머리 앞에서 동백꽃을 바다에 던지며 사랑을 잃어버리
기도 한다는데

흘러가는 붉은 꽃잎이 세상의 바닷물을 씻긴다는 동백
꽃 전설을 떠올리다가 집으로 가는 길을 바다에 빠뜨렸네

어디쯤 강을 끼고 도는 산자락의 경계와 과수 농가의
마지막 사과나무를 짐작하면서 애벌레처럼 쏟아지는 잠,
바다 밑으로 침몰된 길이 떠올라 집 주소를 찾아 몽롱한
기차가 달려갔네

나약하게 누워 있어도 오가는 고기 떼, 들꽃이 모락모
락 나오시던 들녘과 맞닥뜨려 주소 없는 사람들을 불러

모아 한마을을 이루어 질리도록 살아지려나, 레일을 이
탈한 기차가 강기슭을 밟고 걸어갔네

극단적인 달

주먹이 마구 날아온다
얼굴을 숙이며 방바닥에 고꾸라진다
수직으로 세운 발뒤꿈치가 갓난아이를 품고 있는 등을
사정없이 내리찍는다
엊그제처럼 기운이 다 빠지기만을 기다리며
달팽이처럼 둥글게 몸을 말고서 기어간다
그녀에게 이상할 것도 없는 일상이지만
오늘은 특별한 밤이라서 그런지 보름달이 환하다
오래되어 삭아버린 검은 증오는 잘 벼린 칼이 되어
술 취해 곯아떨어진 그의 심장에 대고
난도질을 하는 현장을 지켜보는 달

가죽 주머니에서 쏟아지는 모래알 같았다고 쓰인 진술
서 한 장
집행유예로 풀려난 그녀는 스스로 만든 감옥에 갇혀 지
낸다
등에 업힌 병든 아이가 손사래를 치다가

풀죽은 파처럼 잠이 든다
동그란 팔 하나가 그녀의 어깨에서 떨어져나간다
입 벌린 신발 밑창을 질질 끌고 가는 막막함……
그날처럼 극단적인 달이 떠오른다

제
3
부

연필이 걸터앉았던 자리

연필이 걸터앉았던 자리에 다람쥐와 새가 앉았다 간다
옹이처럼 단단한 굳은살
동그랗게 엎드린 살점에서
문명이 시작되었다고 믿는 버릇이 있다
남보다 늦게 글을 깨우치면서 글이 내게 준 건
느리게 휘갈겨 쓴 필체뿐

맞춤법은커녕 괴발 개발 낱말을 흘렸던 공책
나머지공부를 하는 늦은 시간 쪼그라든 나팔꽃을 그린다
교실 불빛에 모여드는 나방에 대해 연필심이 집중하고
영어 단어보다는 풍경이 오가는 길목을 낚아챈다

손날이 종이 위를 스치는 소리에 전율하던
여물지 않은 시간

이제 막 자리 잡아가는 얇고 붉은 살 안에
피 묻은 꽃잎이 눕는다

아찔한 기억이 풀어진다

손에 힘이 들어가고 연필심이 자주 부러진다
나의 문명은 자꾸만 기우뚱거린다

문자의 퇴적층을 이루어놓은
저, 내밀한 방
모시나비 떼가 지나간다
상여가 지나간다

작은 살점 안에는 매력적인 문이 덜거덕거린다

이미지論

창호지에 나비가 갇혀 있다
장롱에 사슴과 매화가 박혀 있다
당신의 가슴에는 상처였다가 증오로 번진 얼룩이 지워
지지 않는다

갇혀 있는 것들을 하나씩 꺼내 캔버스에 그려 넣는다던
화가는 독특한 색깔로 위장을 한다고 들었는데
밤이면 화실에서 그림 밖으로 나온 형상들이 향연을 벌
인다고 하던데

할머니 방 문갑에 박힌 잉어를 도려내어 연못에 던져주
었다던 소년의 이야기와 상처로 뭉쳐진 얼룩을 뜯어내어
땅에 묻었다던 사람
때로 보이는 것의 한계가 막막해지고 믿기 어려운 건
어쩔 수 없는 일

나의 처소로 유인하여 이름을 바꾸어보던 기록들을 잃

어버렸다

  사물이 흘리고 간 그림자가 책갈피 속으로 키보드 틈새
로 가구 밑으로 먼지처럼 뒤엉켜 있다

회전목마

엘리스,
난 요즘 조그만 방 안에서 빠른 템포로 생각을 이동하
는 중이야
그러면서 작은 존재와 귀를 바꾸어 달아보기도 하고
몽상의 부스러기들을 참을성 있게 옮기면서 버텨내고
있어
아주 가끔은 큰 소리를 내어 웃기도 한단다

내 안의 축을 따라 빙글빙글 도는 엘리스
영혼을 도둑질해 간 엘리스
먼 항로를 목측하고 있는 선장처럼
앞날을 진지하게 내다보지만 내가 앉아 있는 회전목마는
같은 자리에 시간을 두고 맴돌 뿐이지

운 좋게 원 안으로 튕겨 들어온 편지를 펼쳐본다든가
오래전부터 준비해왔던 것들에 대해 기쁜 소식을 듣는
날이면

밤잠을 설치기도 한단다

엘리스,
오늘 밤도 작은 요정들이 찾아와서 잠의 문을 노크하고
있어
여러 개의 원자로 이루어진 강한 이온들이 지배하는 방
별자리를 따라 멈추기도 하고 사라지기도 하는 선분 위
의 점들
그밖의 불필요한 어지럼증이나 통증이 걸러지는 걸 느
끼며
회전목마에서 꾸벅 잠이 들곤 해
나의 머릿결을 매만지는 엘리스

그럼 안녕

새로운 질감

초목이 이슬에 몸단장하고 공양드리는 시간
바람도 세상 쪽으로 기우는 조생調生의 시간
그런 첫 시간
눈이 번뜩 떠지는 귀한 시간
창문 밖의 숲이 전혀 다른 질감으로 다가온다
그것은 새로운 감촉과 같은 것이어서
자명종에 맞춰 일어나던 그간의 행적을 묘연하게 하고
안일하게 쌓아올린 탑의 높이도 기억나지 않는다

착한 생명의 울음이 들린다
눈과 귀가 내 것이 아닌 것처럼
어색하다, 숲의 술렁거림이 한눈에 꽉 찬다
이때쯤 눈을 뜨는 산짐승에게 내가 느끼는
질감의 일부분이라도 떼어주고 싶다
보드라운 털을 쓰다듬으며
오래 간직할 수 있는 비책을 묻고 싶어진다

감각기관 1

—터널의 내부

슬프게도 우리는 낡은 편견에 사로잡힌 채
오랫동안 헤매다가 길을 잘못 들었다

나는 당신을 기억하지 못한다

목적지를 향해 빠르게 스쳐간 길 중의 일부인 터라
굴곡진 내부를 천천히 걷는다든가
둥근 천정과 벽을 들여다볼 필요가 없기 때문이다

하지만 내장 같은 길 어딘가에서
혼자 서 있는 꿈을 꿀 때가 많다
땅속으로부터 전송되어 오는 물방울
어렴풋이 머리와 옷이 젖었던 것 같기도 한데

당신은 나를 기억한다고
빤히 쳐다보지만 좀처럼 생각나지 않는다

나와 무관하게 터널은 숨을 쉰다
어둠에 섞이지 않게 불을 밝히고
입구멍에서 똥구멍으로 빠져나가는 타이어들
나쁜 기억은 환기구를 통해 배출된다

터널 안에서 차 꽁무니를 받힌 적이 있다
보험회사에 전화를 건 일이 있었지만
그때는 내부를 살펴볼 경황이 없던 터라
더 이상 당신을 기억하기란 쉽지 않다

감각기관 2
—마음의 내부

어릴 적엔 몰랐지

마음이 아프다는 말

아저씨라고 불릴 때쯤
마음의 통증이 여러 번 찾아왔지
심장이 파놓은 굴속에 가부좌를 틀고 있는 마음
그 내부에 갇혀 스스로 아픔을 치료했지

부드러운 막으로 덮여 있는 방

스스로 처방을 내리는 방

마음속에 뻗은 상처라는 말

감각기관 3

—꽃의 내부

실핏줄이 지나간 자리에서 꽃잎의 시작점과 끝점을 생
각하며 밑줄을 그어본다

꽃의 생김새가 어떠했는지 떠올리기 전에
몇 장의 꽃잎이 펼쳐 있는지 헤아려보기 전에
줄기에 가시가 돋았는지 만져보기 전에

먼저 뿌리의 성분을 분석한다
꽃의 태생이 원래부터 아름다웠는지 내부 사정도 궁금
하다

웅숭그린 채 떨고 있는 꽃에 대해
문법만으로는 전부를 나타낼 수 없다
문득 꽃 한 송이를 어루만지며 몸으로 읽고 난 후
일기를 쓴다는 소녀가 생각난다
꽃의 내부를 휘젓던 더듬이의 촉감은 생각나지 않는다

오늘은 또 어떤 꽃잎 위에 붉은 생이 겹쳐지려는지
꽃이 이고 있는 저녁 하늘이 붉다

감각기관 4
―물의 내부

발목이 잠긴다
허리가 잘려나간다
가슴통을 우적우적 씹어 삼키고 목까지 먹어치운다
입, 코, 눈을 차례로 파내고 정수리가 사라진다

아찔한 물의 수평

머리카락이 자라나고 눈, 코, 입이 선명하다
목을 지나 가슴이 드러난다
허리를 타고 떨어지는 물방울이 햇빛에 증발한다
하얀 발목이 모래 위에 발자국을 늘어뜨린다

검은 이빨이 찬란하다

윗집 홈통을 타고 내려오는 빗물 소리
몇 번을 고치고 또 고쳐도 불완전한 문장처럼
비의 양에 따라 홈통을 통과하는 속도를 가늠해보지만

물의 내부는 밀실하게 채워진 것이기에

섣불리 그 속에 들어갈 엄두가 나지 않는다

가끔 물 밖으로 튀어나온 물방울이 바닥에 스며드는 일
이 있는데

그것은 순도가 가장 높고, 완벽한 원

정교한 만삭의 물방울이다

물의 부족이 주고받는 교신

물의 육체가 씨앗 속을 파고든다

감각기관 5
—불의 내부

불의 혀를 타고 하얀 재들이 날아간다

나무의 뼛가루와 담뱃재의 질감을 구분하던 여자는 다른 한 남자의 아내가 되었지만 그때의 불 냄새가 여전히 내 옷깃에 남아 있다

우적우적 씹어 삼키는 맹렬한 불꽃, 불타오르는 혀의 내부에서 생성되는 하얀 재, 화염의 칼날이 공중의 배를 가른다 머금고 있던 수증기가 뜨겁다

천국으로 향하는 계단의 경사가 급할 거라고 생각이 드는 건 지상의 불신不信으로부터 보호받아야 된다는 생각 때문, 오늘도 천국은 나를 비껴나가고 밤마다 촛불을 켜놓은 채 잠들곤 한다

불을 놓아 세상을 태우고 싶다던 방화범이 거리를 어슬렁거린다 이슥한 밤의 알갱이들이 몰려오고 견고한 불의

내부를 짓는 일은 성냥개비 하나로도 충분하다며 검은
치아를 드러낸다

안개 걸린 미루나무

그날도 안개가 자욱하여 구릉에서는
청동기시대 발굴 작업이 중단되었다
집터에서 민무늬토기 조각들이 나왔다고 했다
사람의 입에 들어갈 음식이 수북하게 담긴 그릇
그리하여 바닥이 다 보이도록
무릎과 무릎을 마주대고 둘러앉아 있었으리라
다른 집터에서는 잘 벼려진 석기가 발견되었다고 했다
짐승의 살점에서 묻어나온 핏물
농작물의 줄기에서 배어나온 풀물
기원전 물방울이 모여 출렁이고 있었으리라
안개의 깊이를 모르는 것처럼
미루나무가 여기까지 흘러들어 온 까닭은 알 수 없다
안개 덩굴이 감겨 있는 미루나무
잔가지를 아름드리 퍼트리지 못하는 미루나무
청어 가시 같다던 당신의 축축한 목소리가 희미하다
어쩐지 미루나무는 안개의 무게를 알 것 같다
부족 마을은 안개를 사용하는 방법을 알고 있었으리라

병정개미

도심 한복판
포플러 여럿 몰려 있는 벤치에 앉아 있었다
고정되어 있는 머리마다 뿌옇게 쌓인 먼지가
눈, 코, 잎, 귀까지 덮어버렸다
끈질기게 물고서 놓아주지 않는 사나운 개처럼
도시의 소음과 매연이 으르렁거렸다
그늘 아래 멍하니 앉아 있는 사이
구두를 타고 바짓단을 기어올라 팔뚝에 이르러서야 마
주친
호기심 어린 눈빛
나뭇잎을 통과하는 햇빛일 수도 있었겠지만
분명 그 녀석 눈빛이 반짝거렸다
살집이 제법 통통한 병정개미였다
주춤거리다가 반팔 소매 속으로 기어들어 가려는 고약
한 순례
팔을 세차게 흔들어도 떨어질 생각을 하지 않는,
잔인한 사명처럼 옴짝달싹 하지 않는 개미

요놈 봐라

쓰윽, 손톱이 스치고 간 가느다란 실핏줄이 살결에 남아 있다가

두려운 길처럼 금새 지워졌다

오른쪽 벤치 다리 아래 봉긋봉긋 솟아 있는 개미 마을

나를 침입자라고 생각했는지 모른다

아니다, 탐구 본능이 화를 자초했을지도 모른다

딱딱한 가죽 구두 밑창의 무서움을 알고 있으므로

수십 차례 죽을 고비를 넘겼으므로

오늘도 위험천만 먼지와 풀밭이 관절을 보호하며 착취를 도왔다

별일 아니라는 듯 내 가랑이 사이로 유유히 빠져나가는 병정개미

보호 장치 없는 이 도시에서 개미보다 못한 인생이 뛰어내렸다

먼지 구덩이에 붉은 피를 콸콸 쏟아내고 있었다

입고 있던 낡은 옷에서 떨어진 디스 한 갑,

담배 개비 사이에 꼽혀 있는 라이터가 사내의 오른손을
향하고 있었다

바닥에 들러붙은 껌딱지 앞으로 몰려든 개미들과는 전
혀 상관없는 일이었다

대낮의 음모

혀를 늘어뜨린 비루먹은 개가 목줄을 땅에 끌면서
같은 자리를 맴돌며 킁킁거리고
개 주인이 계산된 골목을 지나 집으로 돌아가는 시간

뇌성마비를 앓고 있는 스물여섯 살짜리 처녀
마음을 몰라주는 사지 멀쩡한 남자 때문에
화장실에 목매달 끈을 묶는 시간

거미줄에 걸린 고추잠자리가 하얀 밧줄에 묶여 허우적
거릴수록
날개가 접히고 앞가슴이 비틀어져 일만 개의 낱눈들이
겁에 질려 동그란 눈알
호랑거미가 다가오는 시간

꾹 비틀어 짠 빨래의 물기가 구름으로 스며들고
가벼움, 팔다리가 흐느적거리는 틈을 타
바람이 흙바닥에 내동댕이치는 시간

발코니 창을 열어놓고 간 외출 중에

비바람이 집 안으로 들이쳐

마룻널이 썩어가는 시간

어떤 눈동자

언제부터 나를 주시하며 지켜보고 있었는지 모른다
아파트 단지, 사무실, 건물 주차장에서
그림자까지 입 안에 구겨 넣고
서랍을 열어 몰래 들여다보려는 듯
중요한 단서를 찾아내어 흠을 들추어내려는 듯
저 기분 나쁜 눈빛

　그의 시야에 한 번 포착된 것은 잘라낼 수 없는 기억의
필름으로 감기고 시간을 입력해둔 기록을 낱낱이 물어뜯
어 삼키는 육식성 동물이다 어쩔 때는 두리번두리번 고
개를 돌리다가 그와 맞닥뜨리게 되면 소스라치게 놀라며
바닥을 향해 눈빛을 내리깔곤 하는데, 손발이 없는 자신
의 은밀한 존재를 눈치채지 못한다는 것에 으스대는지
늘 출입이 많은 길목 어딘가에 붙박이처럼 붙어 있는 꺼
림칙한 눈, 그러나 그 이유들은 나의 편견이었는지 모른
다 아동 성추행범과 자동차 털이범 인상착의를 덤덤히
몸 안으로 빨아들이고 훔친 신용카드로 현금을 인출한

범인의 단서를 토해냈다고 한다 목격자의 진술 없이도, 피를 부르지 않아도 눈 한 번 껌벅이지 않고 현 위치를 사수하고 있는 보초병, 다름 아닌 머리통도 없이 천장에 매달린 저 눈알이 일등공신이란다 뜻밖의 장소에서 내 행동을 검열하고 있을 부지런한 노동자, 도심의 음침한 곳에 녹슨 못처럼 박혀 있다

문패에 대하여

첫사랑 계집아이의 하얀 살결

하얗다 못해 투명한 살은 어디에서 온 것일까

아무래도 문패가 걸린 집에 살고 있기 때문이라고,

아카시아 몸통에 내 이름 석 자를 파내면서 울었다

그 집 파란 대문을 엿보다 담장 밖으로 뻗은 목련 가지

를 꺾어

돌아온 사글세 쪽방

시든 목련 잎에 생긴 갈색 반점을 닮은 문패

나를 거지라고 놀리던 새침한 계집아이의 대문은

내 유년을 붙들고서 놓아주지 않았다

아파트 현관에 다닥다닥 붙어 있는 우편함

이름 대신 호수가 나열된 사각은 더 이상

나를 흥분시키지 못하는 고철에 불과했다

그러나 사람들은 문패도 없이 흙 한 줌 움켜쥘 수 없는

공중의 집

엘리베이터 없이는 현관 손잡이가 멀기만 한 집을 소유

104

하기 위해

머리카락이 다 벗겨지도록 두통과 피로를 몸 안에 차곡
차곡 쌓았다

육중한 콘크리트 벽처럼 쉽사리 무너질 것 같지 않았다

직장 생활 십여 년 만에 공중을 차지한 그날 밤

계집아이의 집, 북쪽 벽을 감싼 담쟁이 잎이 앞뒤로 뒤
집으며 깔깔거리고

이름이 사라진 하얀 문패 토막들,

둥둥 떠다니다가 내 침상에 내려앉아 싹을 틔우는 꿈을
꾸었다

문패가 걸린 집을 생각하면

등에 땀이 나기 시작하고 무작정 숨고만 싶지만

이제 발길로 차서라도 파란 대문을 열어젖힐 수 있는
배짱 두둑한 나이

문패를 갖는다는 것

만인이 지나는 대문 앞에 숨을 쉬고 있다는 것

그대 보았는가

굳이 호명하지 않아도 반듯하게 걸려 있는 그대 이름을

벽장 유감

주술을 행했던 흔적처럼 음산하다
어둠을 모시고 있던 자리는 왜 하나같이
검은 얼룩이 득실거리는 걸까
잊고 지냈던 물건들 옆구리마다 오래된 지문이 묻어나
온다

내 몸 안에도 벽장 하나가 있다
그렇지 않고서야 이토록 어둡고 무거울 리 없다
반 쪼가리 생각들이 출렁거리는 밀실이다
꿈꾸는 죽음에 대한 느낌은 사라졌지만 이제
죽음을 꿈꾼다는 내용을 이해할 수 있는 나이
수첩에 기록된 문장 한 줄이 놓아주지 않는다

'고통의 뼈다귀들이 모여 몽상하는 습한 벽장'

문득 벽장 안에 아버지의 유품이 잘 계시는지 궁금하다

밤의 도로

식물의 뿌리가 끊긴 길
먼지 날리는 샛길
비올 때마다 진흙탕 길
가끔 경운기와 마주쳐 애를 먹는 길
밤마다 구덩이에 빠지는 위험한 통행은
신작로에 닿는 빠른 길이다

핸들 잡고 있는 손이 바퀴의 감각을 깨우듯
두 갈래 길에 맞닥뜨리면 순한 짐승이 되어 끌려간다
낮에는 거무튀튀한 아스팔트 위를 운이 좋게도
산짐승 하나가 무사히 건너갔다 한다
그리고 예상하지 못한 삶의 상처처럼 길게 찍혀 있는
스키드마크에서 죽음을 발견하기도 한다

긴장은 그런 것이다
타인의 삶을 응시하는 것

몇 개의 터널을 뚫고 또 몇 개의 다리를 지나는 동안
Blues for Klook* 매캐한 밤의 몽환, 그리고
가속 카메라에 남아 있는 불행한 이력으로 점철된 생이
부풀어 오른다

군산 어디쯤,
지독한 안개가 지나는 차들을 겁탈한다
모두가 무지몽매해서 차창을 열고 고함을 지르지만
안개 밧줄은 치아처럼 단단하다

난감한 상황으로 몰아가는 것
길이란 그런 속성을 벗어날 수 없는 것이다

* 〈Blues for Klook〉은 프랑스를 대표하는 오르가니스트인 Eddy Louiss(1941~)의
연주곡이다.《Sang Mele》(1987),《Webe》(1992) 앨범을 한 장으로 묶어 발표한 앨
범에 수록된 곡

제4부

철학 강의

1

강사의 표정은 사뭇 진지하다 시종일관 흐트러짐이 없다 게다가 시간을 붙잡아 가두고 벽으로 둘러쌓아 버리는 야릇하고 난해한 강의로 유명하다 언어로 짠 그물은 처음과 끝을 착각하게 만들 뿐더러 숨겨 있는 진실을 찾아내기란 여간 어려운 일이 아니다 청중을 미궁 속에 빠뜨린다 숨은 그림 찾기처럼 강사의 벌린 입술에 눈알을 집어넣고 집중해도 입체의 형상은 튀어 오르지 않는다 난감하다 어릴 적 소리의 행방을 찾기 위해 분해한 라디오 부품 같다 강사의 말투와 음의 높낮이 그리고 음절을 풀어 분석하고 나서 겨우 하나의 실마리를 잡는 게 고작이다 물론 강사가 쳐놓은 덫을 쉽게 발견하지 못하는 건 모두가 인정하지만 해박한 지식을 가장한 어정쩡한 태도에서 혼돈의 세계를 직감적으로 느낄 수 있다 철학의 숲은 자신의 마음속에 있다는 말로 강의가 끝난다

2

머릿속에 박힌 톱니바퀴를 뽑아내야 한다
잠들기 전까지 불꽃을 튀기는 톱니를 부숴야 한다
사실 무수한 뇌세포 각개마다 들어 있는 톱니는
화장지보다도 얇고 찢어지기 쉬운 성질을 갖고 있다
그곳에서 철학이 시작되고
문명의 힘이 맞물려 돌아가고
가끔 이가 어긋나면 두통을 일으킨다는데
그것은 철학으로 향하는 둥근 관이 막힌 경우다
그런 날은 일찌감치 초저녁 침상으로 몸을 옮긴다
아침에 눈을 뜨면,
톱니의 속도는 어제보다 배 이상의 운동량을 늘이고
활동 범위도 커진다
복사기에서 출력된 축소된 문서처럼 판독하기 어렵다

느려터진 문장

문장을 베고, 덮고, 꿈을 꾸는 날은
하루 종일 비릿한 감정이 스며 나온다
그런 날은 백지에 몇 줄 겨우 써놓고
서랍 속에 방치한다
걷히지 않는 안개 한 점처럼 찜찜하다

날마다 서랍을 노려본다
궁둥이를 발로 차기도 하고
등짝을 세차게 밀어붙여 보지만
눈 한 번 깜빡하지 않는 느려터진 걸음걸이

글자를 붙잡아둔 종이의 결에서
묵은 고통이 만져진다
문장 뒤를 이어 느리게 느리게
살점을 붙여가지만
녹슨 뼈대가 부러질 것 같다
관절이 어긋나고 녹물이 흘러내린다

한참을 글자 속에서 허우적거려도
악랄한 늪에서 빠져나오기란 쉽지 않다
지웠던 문장이 낫다 싶어 다시 써보지만
그마저도 생각나지 않는 문자들의 조합
홧김에 욕을 퍼부어도 꿈쩍 않는
누렇게 바래지도록 내버려두는

나쁜 예감

때때로 우리는 무중력 상태에 갇혀 있거나
알 수 없는 기운에 사로잡힌다
이상하게도 나쁜 예감은 적중할 때가 많아서
몸부터 움츠리고 보는데
벗어나고 어긋나는 게 예감 아니냐고
누군가 당신의 어깨에 손을 올려놓아도 여전히
동분서주하는 바쁜 시간들이 정신을 괴롭힐 테지만
도착하지도 않은 걱정으로 한동안 우울할 테지만
시간의 접점이 보여주는 투명한 실체 앞에 다가가서야
한숨을 내려놓는다
그러나 다시 알 수 없는 길목을 헤매야 한다는 사실을
우리는 잘 안다

바람 바퀴가 모래알을 데리고서 해변을 달린다
파도의 행간마다 둥근 바퀴의 기록이 거품으로 고이고
까끌까끌한 모래알이 만져지는 옷깃에서
해당화 향기가 난다

알뜰한 감정의 눈으로

희미한 발자국을 들여다보며 길을 떠올리지만

깊은 상처를 꿰맨 것처럼 전신이 불편하다

통증을 동반한 진물 흐르는 시간에 무게를 둬온 우리는

견딤이 무엇인지 잘 안다

우리는 통신망처럼 얽히고설킨 기억을 가지런히 추려

낸다

  그리고 예외의 장소에서 맞게 될 초침의 변위를 가정

한다

  외람되지만,

  나쁜 예감은 적중한다

삶의 미로

산목숨에 설계되어 있는 하루치의 미로를 헤맨다

걷다가 뛰다가 벽에 기대어 담배를 피우기도 한다

일 초 앞도 보이지 않는 폐쇄적인 공간

여기서는 직감도 예측도 소용없다

하느님의 눈은 밝으시지만 기적을 구할 만큼 한가하지
않다

어떻게든 오늘을 소모해야만 하는 고민들로 안절부절
못한다

미로는 시시각각 새롭게 변한다

출입문이 있던 자리에 벽이 들어서고

사라졌던 기호가 튀어 오른다 그리고

방향과 순서가 뒤바뀐다는 사실을 이해하게 되지만

결정적 변수가 등장하는 불완전한 세계

우리는 일각일초의 순간을 다툰다

변위되는 각도에 맞춰 살아가야만 하고

본의 아니게 두꺼운 벽을 세워놓고 술잔을 들기도 한다

삶의 미로 속에서 예상한다는 것은 무의미하다

결혼기념일

　상냥한 목소리가 너무도 둥글고 투명해서 잔뜩 긴장을 하며 다음 말을 기다리고 있었지요 종종 보험에 들라거나 낮은 이자로 돈을 빌려 쓰라는 첫 목소리와 닮아서 어떻게 하면 맘 상하지 않게 빨리 전화를 끊게 할까 고민을 하던 참이었죠 뜻밖에 비눗방울이랬어요 바구니에 담긴 장미꽃 잎이, 생화는 시들어서 오래 두고 볼 수 없다며 말끝을 흐릴 때는 정말 쓸쓸한 기운이 배어 나올 정도였다니까요 비누로 만든 얇은 꽃잎은 생화나 다름없을 정도로 천연색을 띠고 방향제 역할도 한다면서 두고두고 간직할 수 있다는 솔깃한 말, 잊고 있던 결혼기념일까지 챙겨주는 달콤한 입술을 허락하고 말았지요 하지만 물이 닿으면 거품이 되어 날아간다는 말은 끝끝내 하지 않더군요 계절이 바뀌어도 사랑은 오래오래 가야 하니까요

밀림 속의 골목

　날마다 좁은 골목에 차가 뒤엉키고 고함이 쩌렁쩌렁 담쟁이처럼 건물 벽을 타 넘는다 오늘 새벽에는 자전거와 오토바이 충돌 사고로 구급차가 잠을 빼앗아 실어 간다 골목마다 집 없는 동물 울음소리에 원주민들은 신경쇠약에 시달리거나 사납게 변해간다 습관의 지시대로 어깨가 부딪치지 않도록 몸을 움츠리며 빠져나가는 골목, 수천 개의 창문 달린 나무마다 달이 밝다 빼곡한 밀림에서 잠을 자고 눈을 뜨고 다시 창을 열어 타인의 집 내부를 훔쳐보는 이곳은 의지와 상관없이 관음증 환자가 되어간다 가끔 전선매설공사로 골목이 막히면 그야말로 밀림의 밤은 뭉쳐 있던 공포를 풀어놓는다 여러 날 길 잃은 동물들의 세력 다툼에 잠 못 들고 급기야 밀렵을 나가는 골목, 그믐…… 아찔하다

몹쓸 것들

몹쓸 것들에게 눈길조차 주지 말라고
부정한 낱말과 사물은 생각도 말라고
듣고 배운 게 있어서
규율과 규범으로 뭉쳐진 강박증에 신경이 마비된다
누군가 눈알에 줄을 묶어 당기는 것처럼
자꾸만 곁눈질을 한다
마음에 모셔놓고 눈치 보기 일쑤다

아무짝에도 쓸모없다고
결국 정신까지 망가지게 된다고
강한 인식이 틀어박혀 있어서
끄집어낼 수 없는 막막한 한계

파리처럼 끈질기게 따라붙는다

생계의 적

복도를 오가는 구둣발
격렬한 집중 사이로 삐져나오는 신음
한바탕 토사물을 쏟아내고 내린 양변기
칸칸마다 가득 차서 흘러간다
엉겨 붙어 서식할 세계를 찾아 해적처럼 떠다닌다
부유물이 집결하는 곳은 어딜까
각자의 방에 놓아둔 가방처럼 의미가 불편하다

바퀴벌레 한 마리를 잡고 나서 불을 끈다
잠이 오지 않는다
이가 득실거리는 것처럼 이불 덮은 몸이 가렵다
허벅지를 북북 긁는다
놓쳐버린 잠의 꼬리

사막으로 갔나
우주로 갔나

그러다가 겨우 잠이 들면
내 몸뚱이가 개미만 해지고
거대한 가구에 둘러싸이는가 싶더니
순식간에 몸이 불어나 이층 여관 벽이 터진다
아수라장이 된 여관 근방에서 나는 아무런 죄책감도 못
느낀다

매일 밤 야릇한 세계로 들어가는 터널 입구
망치와 못을 놓아두기도 했지만 소용없는 일이다
신경정신과 의사는 스트레스로 인한 일시적인 현상이
라며
휴식을 취하면 괜찮아질 거라는 말

휴식은 꿈도 꿀 수 없는 생계의 적이다

둥둥……

날이 습하였다

잠들면 가벼워 가벼워지겠지, 둥둥……

잠을 자고 일어나도 가시지 않는 두통을 어떻게 하면
좋을까

잔뜩 물먹은 구름들도 무거움을 비워내고 싶은지

지상에 낮게 발목을 걸쳐놓고 움직이지 않았다

저 먹구름 위를 마구마구 밟았으면 좋겠어

어느 정도 물이 빠지고 나면, 둥둥 두둥둥……

그다음 쥐어짜서 탈탈 털어 말려보는 건 어떨 것 같아

망치로 머리통을 부수고 싶다는 생각 따위 하지 않겠지

문득 이성에 눈을 떴던 때가 우기였다는 생각이 났다

비가 쏟아지던 거리가 한눈에 내다보이는 카페였다

습기에 더욱 도드라진 곱슬머리가 싫다는 이유로

입꼬리를 올리며 일어선 그녀

빗방울이 끝없이 튀어 오르고, 둥둥 두둥둥 둥둥……

밤새 준비했던 말들을 하나씩 빗속에 던졌다

수천, 수만의 물방울들이 머릿속으로 튕겨 들어와

먹구름을 만들어냈다

엉망진창, 퍼덕퍼덕, 첨벙첨벙…… 머리가 지끈거렸다

비가 올 때 두통에 시달리기 시작한 건 그때부터였다

거리에는 접힌 우산을 든 모자 쓴 사람들이 몇몇,

지렁이 한 마리가 보도블록 위를 오체투지로 밀며 멈춘
자리

어긋난 보도블록 한 장에 빗방울이 주춤거리는가 싶더니

길 가던 사람들이 동시에 우산을 받쳐 들었다

아스피린이 빗물에 녹은 것처럼 길이 미끄러웠다

어서 집에 가야해,

둥둥 두둥둥 둥둥 두둥둥……

청춘을 거슬러 가는 우리는

그때는 정말이지
차고 넘치도록 푸른 물방울이 생성되었지
상징을 사랑했었지 우리는
빙그르르…… 돌아가는 지구본에 손가락을 갖다 대며
멈춘 자리에 여행을 계획했었지
자신만 알 수 있는 암호를 수첩에 기록하면서

이제, 탱글탱글했던 중심은 쓴물로 채워지고
치욕을 견뎌낸 자리는 쪼그라들었다
푸른 점의 테두리가 닳아간다 그렇게
말수가 부쩍 줄어들고
은유에 몰입할 나이가 된 선배들은
청춘의 폭죽에 관한 무용담을 늘어놓으며
밤늦도록 술잔을 채우고 주정하는 거밖에는

우리는 눈이 퍼붓는 창밖에서
청춘을 펑계로 떠나보냈던 여자를 기억하고 있는지 모

른다

　후회하며 썼던 일기를 펼쳐보며

　다시 후회하고 있는지 모른다

　서러운 생각을 밀어내어 웃어보기도 하고

　울음으로 바꾸어 어깨를 들썩거려보기도 하는데

　청춘의 푸른 물이 빠진다는 건

　참 쓸쓸한 사건이다

불문율

유리는 애초부터 충격에 약하게 설계되어 있으므로
소중히 다뤄야 한다는 불문율은 깨지지 않는다

맹물이 한가득 담긴 밀봉된 공간 속으로
식탁 등이 내려앉는다
물과 빛의 무게를 지탱하고 있는 유리컵
피안의 접점을 놓치지 않으려는 눈알이
끈질기게 날파리를 따라붙는다
둥근 유리에 갇혀 있는 젖은 날개에 대해 누군가
주검이라는 낱말로 확장한다면
삶은 얼마나 과장되어 진행될까
유리컵은 꼼짝도 않는데 그 내부를 열어주는 빛의 속성
유리 표면에 손가락을 가져다 댄다
날파리는 바깥이 있다고 믿는지
동심원을 그리며 유리에 몸을 밀착시킨다
불문율을 깨고 공간 이동할 거라고 믿는지
간절하게 몸을 움직인다

유리는 애초부터 밀실하게 설계되어 있으므로

　주위를 잘 살펴 걸어야 한다는 불문율은 결코 깨지지

않는다

거룩한 퇴폐

늙은 그녀에게서 퇴폐의 흔적이 역력하다
그녀가 살아온 방식은 무질서하고 무정부적이다
이미 예견된 사실이지만 이역에서 건져온 불법적인 텍
스트는
사람들의 마음을 후벼내지 못하고 흡수되지도 않는다
하지만 그녀의 독특한 세계가 깃털처럼 공중을 떠다니
다가
살점이 붙고, 하얀 앞가슴과 가느다란 두 다리가 생겨
나는
현상을 목격한다 그리하여 어느 날,
당신의 지붕에 단정한 새 한 마리가 앉아 있으리라고는
아무도 상상하지 못한다
그러니까 내면의 진실을 알아차리기까지
아주 긴 시차를 필요로 할 뿐이다
그녀는 절대 서두르지 않는다
낭만이 둥근 꽃잎의 형상으로 펼쳐 있던 시절은
서서히 조락의 징후를 보이다가

새로운 기류에 휘둘리고 쾌락을 탐닉한다

그녀는 추하게 시든 꽃 대궁에게 찬사를 보내며

죽음에서 끄집어내는 문양에 정성을 쏟는다

금기시 되어온 텍스트가 드러난다 밀봉된 상자를 연 것
처럼

고여 있는 핏물이 폐부에서 흘러나온다

그렇다고 하더라도 결코 피상적이지 않다

늙은 그녀의 입술에서 뱉어낸 환각의 나비들은

길이, 깊이, 너비, 속도에 아무런 영향을 받지 않는다

반대 방향으로 너울성 파도처럼 날아온다

박물관에서

박물관에 가면
깊고 고요한 세계가 있다
느리고 더딘 소멸이 있다
현대의 조명도 파고들지 못하고
유영하는 숨결
정교한 문양을 새겼던 최초의 부족이 궁금하다

민달팽이가 되어 관람 동선을 밀고 나간다
죄 많던 역사의 산물에 대고
독특한 음각에 대고
끈적한 액을 묻혀보지만
과거 어느 한 지점이면서 현대의 한 부분이기도 한 간
격은
유리관 속에 정지되어 움직이지 않는다

예민하게 반응하는 감각의 실핏줄
내가 태어나기 이전에 해석되어진 질감에 대해서 나는 늘

말로 표현하기보다는 몸으로 느끼고 전율하는 법을 배
운다

한 바퀴를 돌아보고
다시 발보다 눈이 더 빨리 훑어보며
신경을 곤두세우지만
생각이라는 건 자꾸 물고 늘어지려는 습성이 강해서
적당한 곳을 잘라내어야 하는 법

박물관을 나오는 길
현대의 문명 안으로 흡수되는 그림자가 하루하루 낡아
간다
민달팽이가 낡은 기왓장 밑으로 기어들어 간다

위험한 사유

높이—이 점 구 미터
폭—이십 센티미터
콘크리트 벽에 기대어 있는 당신

쇼펜하우어를 사랑했던 당신의 손톱은
송곳처럼 길고 뾰족하다
반대편 죽음 너머에서
삐져나오는 미세한 온기
온 신경을 집중하는 당신의 몸은
활처럼 굽어 있다

절벽 같은 당신
마네킹 같은 당신
당신의 정신은 차갑다 못해 얼음벽으로 세워지고
핏기 없는 손바닥,

가시나무를 훑어 내리면 단단한 피는 유리알처럼

데구르르……
쏟아진다
굴러가다가 벽에 부딪쳐 깨진다

오늘은 어쩐 일인지 유리벽에 기대어 서 있는 당신
　견고한 표정을 뚫고 자라는 눈썹이 살아 있음을 증명하
지만
　얼음장처럼 차가운 심장에 쇼펜하우어가 꽂혀 있다

　여전히 도로에는 자동차들이 꽉 차 있으며
　여기저기 전쟁의 소문들로 무성하다
　그러나 당신의 혈관은 냉기로 채워져 있고
　세상은 빙하시대의 한 조각 얼음으로 둥둥 떠 있다
　당신의 사유는 위험하다

당신을 읽다

세상에 박아놓은 당신의 말뚝은 견고해서 뽑히지 않
는다
가을바람에 늙어가는 거미*를 건드려보기도 하고
불안한 생을 이끌던 길의 숨결을 더듬어보지만
버스가 취객 한 명을 치고 덧없이 사라진 그날
곳곳에서 발견된 사유들
그러한 당신의 영혼은 섬세하고 강인하면서도
때로는 오만하게 펄럭거린다
당신의 숨결은 거칠게 다가왔다가 썰물처럼
남몰래 지상에서 흘러나간다
더러는 니코틴이 찌든 치아에서 냉소가 빠져나오지만
살아 있을 적 숨결처럼 탄력적이고 충격적이다
밤의 통로를 밝히는 별빛처럼 날카로우면서 따뜻하다
어쩌면 당신의 문학은 무소부재無所不在를 꿈꾸었는지
모른다
그런 당신을 읽는 겨울밤이면
얼음 속 어떤 흐름이 감지되기도 한다

우주 밖에서 흘러 들어오는 열기를 흡입하기도 한다

* 김수영의 시 「거미」에서 차용

저수지의 배후

어둠에 방치되어 있는 저수지

주름진 사연처럼 깊고 고요해서 섬뜩하다

출렁이지 않는 검은 방이다

어느 늙어빠진 발목을 붙잡고 꽉 다문 입처럼

놓아주지 않았다던 저수지

죽음에 대한 의도가 고정되어 있지 않은 탓에

시체를 찾은 가족은 자살로 추정하고 짧게 상을 치렀다
고 한다

조문객도 없던 영혼을 진흙에서 끌어올릴 생각은 추호
도 없지만

밑바닥을 내보인다는 것

부러진 낚싯대, 페달 없는 자전거, 밑창이 뜯겨나간 구두

애인의 반지를 던져버린 표면에 증오가 득실거리고

물이끼가 피어 있는 방

간혹 저수지는 송곳니를 드러내다가도 물속을 들여다
보면

물뱀의 등처럼 푸르러진다

저수지 방향 쪽으로 이어진 도로에서 쏜살같이 빛을 뿌리고 가는 바퀴

빛이 증발한 수면에 뱀 혓바닥 같은 안개가 피어오른다

더 이상 농사를 짓지 않는다는 마을 중심에서 뻗어나가는 뿌리처럼

흉흉한 소문과 전말을 알 수 없는 사건으로 낚시꾼도 찾지 않는 저수지

부패한 시신을 감싸줄 거적도 없는 검은 입

열린 무덤

세계의 배후에 얼룩진 흔적을 이미지화하기

이성혁 · 문학평론가

박순호 시인은 시작詩作에 대한 방법적 자의식이 강하다. 그의 새 시집『헛된 슬픔』에는 시작 자체에 대해 성찰하는 시가 많은 분량을 차지하고 있다. 이는 자신의 시 쓰기가 무엇을 하고 있는지에 대해, 그리고 무엇을 해야 하는지에 대해 시인이 지속적으로 사유한다는 것을 의미한다. 우리 시단에서 이러한 시작 태도는 고무적이다. 섣부른 판단일 수 있으나, 자신의 시 쓰기의 의미에 대해 질문하지 않은 시인들이 적지 않아 보이기 때문이다. 여하튼 박순호 시인은 이 시집에서 자신이 시를 통해 드러내고자 하는 것에 대해, 그리고 자기의 시작이 갖는 의미에 대해 지속적으로 탐구하고 있다.

　시집의 초반부에 실린 시「조개 무덤」을 읽어보면, 시인이 드러내고자 하는 것은 "불꽃이라는 말을 알아버렸을 때" "울퉁불퉁한 껍데기를 벗어 던지며" 보여주는 조개의 "하얀 속살"임을 짐작할 수 있다. 그 조개는 "한없이 움츠러들며 연한 생살을 안으로만 끌어당기"고 있었으나, 불꽃과 같은 말에 의해 "더운 파도를 밖으로 밀어내며 하나둘씩 쩍쩍 벌어진다". 앙 다문 조개의 입을 벌리게 만드는 것, 그것이 바로 불꽃과 같은 시의 언어다. 시의 언어가 가해질 때 저 조개와 같은 존재자들은 자신의 내밀한 삶을 드러낸다. 이때 입을 벌린 조개 더미들은

"헤치면 오래된 유물들이 쏟아져 나올 것만 같"은 이미지로 현상한다. 저 조개 더미들에서 조개들의 삶 깊숙한 곳에 깔려 있는 흔적들이 우르르 발굴될 것만 같은 것이다. 시인은 불꽃 같은 낱말에 의해 드러날 그 흔적들을 발굴하고 싶어한다.

> 재건축 현장
> 흙을 파헤치는 곳마다
> 도난당했던 내 기억의 늑골이 발굴된다
> 매립되었던 꿈의 모서리가 노출되고
> 뾰족한 기억으로부터 물길이 치솟는다
>
> 공사에 동원된 인부의 이름이 기록된 수첩과
> 낱장의 설계도, 바람 섞인 햇살
> 부러진 손톱과 핏방울이 말라 있는 기초의 순장
>
> 거대한 뿌리가 햇빛에 조명되는 시간은 짧다
> ─「기초의 순장」 부분

시인은 "재건축 현장"에서도 그러한 흔적들을 발굴한다. 물론 이 시에는 삶의 보금자리를 마음대로 파괴하는 자본과 정부에 대한 비판이 깔려 있지만, 한편으로 그 과정에서 드러나는 "기억의 늑골"을 포착하고자 하는 시작 태도 역시 보여주고 있다. 즉 재건축을 위해 "흙을 파헤치는" 작업은 시인의 시 쓰기 작업과 유비 관계를 이루기도 하는 것이다. 시인은 자신의 삶이 중장비에 의해 파헤쳐지는 현장에 서 있다. 그 현장을 보고 있는 시인은, 동시에 자신의 기억 역시도 파헤쳐지고 있다고 느낀다. 땅이 파헤쳐지면서 묻혀 있던 기억이 자신의 늑골을 드러내고 "꿈의 모서리가 노출되"며, "뾰족한 기억으로부터 물길이 치솟는" 것이다. 그리하여 시인 내면에 깊이 뿌리박고 있던 "거대한 뿌리가" 지상에 드러나게 된다. 하지만 그 "뿌리가 햇빛에 조명되는 시간은 짧"다. 곧 그 드러난 '기초' 들은 다시 매립될 것이기 때문이다.

곧 매립될 시인의 꿈과 기억으로 이루어진 삶의 뿌리들, 그 조개의 속살과 같은 '기초들' 이 드러났을 때 이를 포착하여 시화해야 할 것이다. 왜냐하면 시인은 시작을 통해 바로 삶의 속살(뿌리)을 포착하여 드러내려고 하기 때문이다. 그것은 정신적이고 물질적인 문명에 의해 매립된 속살을 포착하는 작업이다. 시인이 「냉이꽃」에서 "콘크리트 틈새에 뿌리 내린 냉이 하나"를 주목하는 것도 그 때문이다. 그 여린 냉이는 "좁은 틈을 비집고 밀어 올린

다부진 몸뚱이"를 갖고 있다. 냉이의 몸뚱이가 다부질 수 있는 것은 "삶을 단단히 움켜쥔 손톱처럼/ 맹독을 품고 있는 동물성"을 냉이가 갖고 있기 때문이다. 그 동물성이 콘크리트로 상징되는 문명 틈새에서 "거대한 뿌리"를 내리며 삶을 움켜쥘 수 있게 했을 것이다.

여러 생물체의 삶에서 시인이 포착하고자 하는 것은 바로 동물성을 드러내는 속살일 테다. 이러한 시인의 의도가 너무 앞으로 나가게 되면, 「기시감」에서처럼 "저기, 풀을 뜯는 소들"에서 "내 어미"를 보는 기시감에 사로잡힐 수 있다. "평생 오른쪽 주먹을 쥐고 가슴팍을 치던" "내 어미"의 삶이 드러내는 '동물성'은, 시인의 눈에는 "긴 꼬리로 엉덩이를 치며 파리를 쫓는 소의 모습"으로 현상한다. 이 시에서 그 삶의 속살을 보여주는 이미지는, "썩지 못하는 가난의 잔뿌리"인 "주린 기억을 데리고 나오는" "어느 늦은 저녁 모퉁이 가게에서 풍기는 빵 냄새"로 현현하기도 한다. '빵 냄새'의 후각적 이미지는 주린 기억이라는 삶의 속살을 드러낸다. 그러한 이미지는 이 시의 마지막에 등장하는, "자꾸 칭얼거리고 있"는 "아낙의 등에 업힌 아기"로도 나타난다.

삶의 속살을 보여주는 이러한 이미지들은 문명의 껍질을 벗겼을 때 비로소 드러날 수 있다. 이러한 이미지들을 포착하고자 하는 시인의 미학은, 그래서 단순하고 고요함의 미학이다. 빙켈만의 말을 빌어 시인이 "고귀한 단순과 고요한 위대// 세련된 도시 쪽으로 눈길 한 번 주지 않는 밤"(「밤 이야기」)이라고 말할 때, 이는 시인의 미학을 간명하게 표명한 것이다. 문명의 거짓된 껍질이 만들어 놓은 도시의 세련과는 다른, 세계의 속살을 은근히 드러내는 고요하고 단순한 밤의 아름다움이 시인이 생각하고 있는 미학이다. 시는 이 미학을 바탕으로 쓰여야 한다. 이때 시는 세련된 말들로 이루어지는 것이 아니라 침묵에 가까운 말들로 이루어져야 한다. 시인이 "집으로까지 이어지는 노동은 말을 아껴야 한다/ 시의 동굴은 길고 좁은 데다가/ 삽날이 지나간 자리/ 버려진 문자 더미에 자주 길을 잃기 때문이다/ 밤새,/ 세상의 창틀에 앉아 있던/ 달의 선한 눈빛을 기억한다"(「밤새」)고 쓰고 있는 것은 그 때문이다. 시를 쓰는 노동은, 고요하고 단순한 "달의 선한 눈빛을" 담기 위해 문자 더미에서 길을 잃지 않도록 말을 아끼면서 행해져야 한다. 그리고 "길고 좁은" "시의 동굴"을 탐험해야 한다.

그런데 시인은 이 "시의 동굴"에서 달빛처럼 순수하고 '날것' 같은 속살의 이미지를 얻기 위해서는 다음과 같이 "덫을 쳐놓"아야 한다고 말하고 있다.

사람의 손이 타지 않은 처녀지
태초의 날것 그대로 어디에도 속하지 않으면서
우주를 떠도는 자유의 몸
그 생각의 덩어리를 잡으려고 움츠린다

초침과 초침 사이
바람과 바람 사이
덫을 쳐놓고 진을 친다
　　　　　─「낡은 생각들이 주검으로 변해 있던 어느 날」 부분

　시인은 '처녀지'와 같은 "생각의 덩어리"를 잡고자 한다. "생각의 덩어리"를 이미지의 덩어리로 바꿔 생각해보면, 시인이 잡고자 하는 이미지는 위에서 보았던 껍질이 벗겨진 속살의 이미지, 자연 그대로의 이미지라고 할 수 있다. 시인에 따르면 그 "태초의 날것 그대로"의 이미지는, 문명의 속박에서 벗어난 것이기에 어디에도 속하지 않고 "우주를 떠도는 자유의 몸"으로 유영한다. 그렇기에 그 이미지 덩어리를 붙잡기는 쉽지 않다. 그래서 시인은 시간과 공간의 틈새─"초침과 초침 사이/ 바람과 바람 사이"─에 "덫을 쳐놓고 진을" 쳐야 한다고 말한다. 그러나 그 덫이나 진을 인위적으로 설치한다고 해서 날

것의 이미지가 포획될 수는 없을 것이다. 위의 인용 부분
에서 중요한 것은 '덫'이나 '진'보다는 시인이 '사이'에
주목한다는 사실이다. 덫을 친다는 것은 이미지 덩어리
가 덫에 걸리기만을 '노리'면서 덫을 '엿보'고 있어야 한
다. 하지만 「틈」에서 시인은 "엿보다, 비집다, 노리다와
같은 동사 앞에" "날카로운 날들이 있었다"면서 그 동사
앞에 그 "칼날이 무디어지고 녹이 슬"도록 "틈새라는 명
사를 가만히 내려놓는다"고 말하고 있는 것이다. 그리고
그제야 "구름과 나비가 통하는 문"이 생기고 "삶이 넓어
지고 평편해"졌다고 한다.

'사이'가 덫이 아니라 그렇게 문과 같은 틈새가 되어
야, 자유롭게 우주를 드나드는 "태초의 날것" 이미지가
시인에게 다가올 수 있을 테다. 그런데 시인의 정신에
'문—틈새'가 생기면서 "삶이 넓어지고 평편해"진 상태
에 이르게 된다면, 시인은 아래 시에서와 같은 몽상에 빠
지게 될 것이다.

영도다리 철골 아치를 통과하는 갈매기를 보며 집으로
가는 길을 떠올렸네

사람들이 바닷길로 모여들고 출항을 서두르는 몇 척의

뱃머리 앞에서 동백꽃을 바다에 던지며 사랑을 잃어버리기도 한다는데

흘러가는 붉은 꽃잎이 세상의 바닷물을 씻긴다는 동백꽃 전설을 떠올리다가 집으로 가는 길을 바다에 빠뜨렸네

어디쯤 강을 끼고 도는 산자락의 경계와 과수 농가의 마지막 사과나무를 짐작하면서 애벌레처럼 쏟아지는 잠, 바다 밑으로 침몰된 길이 떠올라 집 주소를 찾아 몽롱한 기차가 달려갔네

나약하게 누워 있어도 오가는 고기 떼, 들꽃이 모락모락 나오시던 들녘과 맞닥뜨려 주소 없는 사람들을 불러 모아 한마을을 이루어 질리도록 살아지려나, 레일을 이탈한 기차가 강기슭을 밟고 걸어갔네

—「집으로 가는 길」 전문

시인의 정신에 틈새가 만들어지면, 온갖 이미지들이 시인의 정신 속으로 들어올 수 있을 것이다. 이때 시인은 몽상에 빠지게 된다. 위의 시는 시인이 빠져든 몽상을 보여준다. 여러 이미지들이 이 시에 흘러들고 있지만, 결정적

인 이미지는 동백꽃이다. "동백꽃 전설을 떠올리다가" 그만 시인은 "집으로 가는 길을 바다에 빠뜨"려버리고 말기 때문이다. 사랑과 동의어일 동백꽃에 대한 기억은 시인이 가야 할 집을 잊어버리게 하고 "애벌레처럼 쏟아지는 잠"에 빠져들게 한다. 그러자 "바다 밑으로 침몰된 길이 떠"오르고, "몽롱한 기차"가 갑자기 나타나 그 집을 향해 달려가기 시작한다. "몽롱한 기차"가 달려가는 길이란 시인의 몽상이 흘러가는 궤적을 가리킬 터, 몽상의 기차가 바다 위로 부상한 길을 달려가는 곳은 시인의 집이 아니라 "주소 없는 사람들"이 모여 한마을을 이룬 곳이다. 기차는 이 마을로 레일을 이탈하여 "강기슭을 밟고 걸어"간다.

시인이 칼날과 같은 날카로운 의식을 버리고 도달한 곳은 이렇듯 "들꽃이 모락모락 나오시"는 유토피아적인 이미지의 세계다. 하지만 시인은 낭만주의자에 머무르기에는 시작에 대한 자의식이 강하다. 또한 그는 문명의 세련된 치장을 벗기고자 하는 현실주의적인 의식 역시 강한 시인이다. 그래서 시인은 이러한 이미지에 오래 머무를 수는 없었을 것이다. 그래서인지 그의 행복한 몽상은 현실의 실재와 부딪쳐 곧 다음과 같은 악몽으로 변하고 만다.

날마다 좁은 골목에 차가 뒤엉키고 고함이 쩌렁쩌렁 담쟁이처럼 건물 벽을 타 넘는다 오늘 새벽에는 자전거와 오토바이 충돌 사고로 구급차가 잠을 빼앗아 실어 간다 골목마다 집 없는 동물 울음소리에 원주민들은 신경쇠약에 시달리거나 사납게 변해간다 습관의 지시대로 어깨가 부딪치지 않도록 몸을 움츠리며 빠져나가는 골목, 수천 개의 창문 달린 나무마다 달이 밝다 빼곡한 밀림에서 잠을 자고 눈을 뜨고 다시 창을 열어 타인의 집 내부를 훔쳐보는 이곳은 의지와 상관없이 관음증 환자가 되어간다 가끔 전선매설공사로 골목이 막히면 그야말로 밀림의 밤은 뭉쳐 있던 공포를 풀어놓는다 여러 날 길 잃은 동물들의 세력 다툼에 잠 못 들고 급기야 밀렵을 나가는 골목, 그믐…… 아찔하다

— 「밀림 속의 골목」 전문

주소 없는 사람들이 모여 만든 한마을을 꿈꾸었던 시인은, 곧 자신이 처해 있는 공간이 밀림과 같은 도시의 골목이라는 것을 다시 인지한다. 그곳은 고요하고 단순한 미학과는 정반대의 세계인 소음으로 가득 찬 밀림이다. 그곳은 교통사고가 빈번하고 고함이 "건물 벽을 타 넘"고 있으며 "집 없는 동물 울음소리"가 여기저기서 울려오는

곳이다. 그 "길 잃은 동물들의" 울음소리는 절망에 빠져 질러대는 절규이거나 세력 다툼으로 살벌하게 싸우면서 내는 소리이다. 이러한 소리의 폭포 속에서 신경쇠약에 시달리는 원주민들은 사납게 변해가거나 "몸을 움츠리"는 습관에 젖어 무기력하게 살아나간다. 게다가 이 덕지덕지 붙은 주거 공간은 이 밀림의 거주민들을 본의 아니게 관음증 환자로 변화시킨다. 요컨대, 이 도시 골목은 "공포를 풀어놓은" 공간이며 삶의 독립성이 유지될 수 없는 공간이다. 시인의 몽상은 실재의 생활에 대한 인식과 부딪히면서, 이렇게 공포의 망상으로 급전한다.

이러한 상상은, 현대 세계에서의 삶이 "바깥이 있다고 믿는지/ 동심원을 그리며 유리에 몸을 밀착시"(「불문율」)키는 '날파리'의 그것과 같다는 지극히 부정적인 인식으로 시인을 이끈다. 유리컵 속에 빠져버린 현대인은 유리컵 너머 다른 세계로 갈 수 있다고 꿈꾸지만, "유리는 애초부터 밀실하게 설계되어 있으므로" "불문율은 결코 깨지지 않는"(같은 시) 것이 현실이라는 것이다. 시인이 유토피아적 세계를 꿈꾼 것 역시 날파리가 유리에 몸을 밀착시킨 채 동심원을 그리는 행위에 불과한 것일지도 모른다. 바깥이 있는 듯 보이지만 결코 바깥으로 나갈 수 없는 삶이란, 미로 속에서 헤매는 삶과 같다. 그래서 시인은

"어떻게든 오늘을 소모해야 하는 고민들로 안절부절 못"하는 현대인들이 결국 "산목숨에 설계되어 있는 하루치의 미로를"(「삶의 미로」) 헤맬 뿐이라고 말한다. 현대인이 이 미로의 세계에서 벗어날 수 없는 것은 "출입문이 있던 자리에 벽이 들어서"거나 "사라졌던 기호가 튀어 오"르는 등, 미로가 "시시각각 새롭게 변"하기 때문이다. 그리하여 "삶의 미로 속에서 예상한다는 것은 무의미"(같은 시)하기에 다른 삶을 추구할 수도 없다. 우리는 "다시 알 수 없는 길목을 헤매야 한다는 사실"(「나쁜 예감」)에서 벗어날 수 없는 것이다.

이렇듯 현대 문명과 현대인의 삶에 대한 시인의 비관적인 인식은, 현대와 기억과의 살아 있는 소통도 이루어지기 힘들다는 판단을 내리게 한다. 시인은 「박물관에서」에서 "박물관에 가면" "현대의 조명도 파고들지 못하"는 "깊고 고요한 세계가 있다"고 말한다. 박물관에는 현대가 훼손하지 못하는 고요하고 깊고 단순한 아름다움이 펼쳐져 있는 것이다. 하지만 박물관 내부의 이 미학적인 세계는 무력하다는 것이 곧 드러난다. 왜냐하면 현대가 침투하지 못한 그 고요한 미학의 세계는 한편으로 유리에 가로막혀 현대에 아무런 영향을 끼치지 못하는 것이다. 시인의 표현을 직접 읽어보면, "과거 어느 한 지점이면서 현대의 한 부분이기도 한 간격은/ 유리관 속에 정지되어 움직이지 않는다"는 것. 그래서 그 간격은 좁혀지지 않고 과거는 저기 덩그러니 유리관에 갇혀 존재할 뿐인 것이다. 마치 현대인의 삶이 유리컵 속에서 동심원을 그리는 날파리의 삶과 비슷한 것처럼, 저렇게 존재하는 세계는 결국 "현대의 문명 안으로 흡수되"어 갇혀버리는 "그림자"가 될 뿐이다.

시인이 이렇듯 세계에 대한 극히 부정적이고 비관적인 인식을 갖게 되었다면, 세계의 속살을 발견하고자 했던 그의 시쓰기는 이에 어떻게 대응하게 될지 궁금해지지 않을 수 없다. 3부에 실린 시들은 그러한 인식에 걸맞은 시작 방향과 시작 방법에 대한 시인의 고민을 보여주고 있다. 이러한 측면에서 「이미지論」은 주목할 만하다.

창호지에 나비가 갇혀 있다
장롱에 사슴과 매화가 박혀 있다
당신의 가슴에는 상처였다가 증오로 번진 얼룩이 지워지지 않는다

갇혀 있는 것들을 하나씩 꺼내 캔버스에 그려 넣는다던 화가는 독특한 색깔로 위장을 한다고 들었는데

밤이면 화실에서 그림 밖으로 나온 형상들이 향연을 벌
인다고 하던데

　할머니 방 문갑에 박힌 잉어를 도려내어 연못에 던져주
었다던 소년의 이야기와 상처로 뭉쳐진 얼룩을 뜯어내어
땅에 묻었다던 사람
　때로 보이는 것의 한계가 막막해지고 믿기 어려운 건 어
쩔 수 없는 일

　나의 처소로 유인하여 이름을 바꾸어보던 기록들을 잃
어버렸다
　사물이 흘리고 간 그림자가 책갈피 속으로 키보드 틈새
로 가구 밑으로 먼지처럼 뒤엉켜 있다

―「이미지論」 전문

　삶이 유리컵 속에 갇혀 있듯이, 나비는 창호지에, 사슴
과 매화는 장롱에 갇혀 있다. 이와 마찬가지로 "당신의
가슴에는 상처였다가 증오로 번진 얼룩이 지워지지 않"
고 찍혀 있다. 예술은 그 "갇혀 있는 것들을" 꺼내는 작업
을 한다. 화가는 그것들을 꺼내 "독특한 색깔로 위장을"
하여 "캔버스에 그려 넣는"데, 그 형상들은 "밤이면 화실

에서 그림 밖으로 나"와 "향연을 벌인다"고 한다. 다시 말해 화가는 그 "갇혀 있는 것들을" 위장하여 밖으로 꺼냄으로써 장롱이나 창호지로부터 그것들을 해방시킨다. 그 행위는 "할머니 방 문갑에 박힌 잉어를 도려내어 연못에 던져"준 '소년'의 행위와 같다. 이와 마찬가지로, 시는 "당신의 가슴"에 갇혀 있는 얼룩들을 뜯어내고 "나의 처소로 유인"한 후 "이름을 바꾸어" 기록하는 작업이다. 그 이름 역시 화가가 그린 형상들처럼, "사물이 흘리고 간 그림자"로서 시인의 방에 놓인 사물들 사이로 뒤엉켜 스며든다. 그렇다면 시는 "증오로 번진 얼룩"을 이름을 바꾸어 해방시킨 후 현실의 세계로 방출하는 작업을 한다고 할 수 있다. 이때 화가가 행한 '위장'과 시인이 붙인 '바뀐 이름'이 바로 예술의 이미지가 될 것이다.

하지만 나비와 사슴과 매화와 지워지지 않는 얼룩을 어떻게 해방시켜 이미지화할 수 있는가? 유리관 속에 동심원을 그리는 날파리의 삶에서 벗어날 수 없다고 한다면, 마찬가지로 당신의 가슴속에 지워지지 않는 얼룩을 어떻게 유인하여 가슴 밖으로 꺼낼 수 있다는 말인가? 그 얼룩은 바로 시인 자신의 가슴속에 번진 것일 터, 그것은 "반 쪼가리 생각들이 출렁거리는 밀실"인 "내 몸 안"의 "벽장"(「벽장 유감」)에 갇혀 있는 것이다. 이에 시인은 사물의 내부, 즉 벽장과 장롱과 창호지의 내부를 파고들어 가는 시 쓰기를 통해 이미지를 구할 수 있다고 생각한다. 마찬가지로 유리관 속의 삶을 해방시키기 위해서는 유리관을 깨뜨릴 수 있도록 유리관의 내부에 파고들어 그것을 재인식하는 데서 출발해야 할 것이다. 시인은 이 시집에서 이러한 삶의 해방에까지 시적 담론을 전개시키진 않고 있다. 하지만 삶의 해방의 전초 작업으로서, 시인은 사물이나 사태의 내부에 파고들어 이미지를 구하고자 한다. 「감각기관」 연작은 그 작업을 위한 기록이라고 할 수 있다. 그 연작에서 시인은 터널, 마음, 꽃, 물, 불의 '내부'로 들어가고자 시도하고 있다.

슬프게도 우리는 낡은 편견에 사로잡힌 채
오랫동안 헤매다가 길을 잘못 들었다

나는 당신을 기억하지 못한다

목적지를 향해 빠르게 스쳐간 길 중의 일부인 터라
굴곡진 내부를 천천히 걷는다든가
둥근 천정과 벽을 들여다볼 필요가 없기 때문이다

하지만 내장 같은 길 어딘가에서
혼자 서 있는 꿈을 꿀 때가 많다
땅속으로부터 전송되어 오는 물방울
어렴풋이 머리와 옷이 젖었던 것 같기도 한데

당신은 나를 기억한다고
빤히 쳐다보지만 좀처럼 생각나지 않는다
　　　　　　　　　　　　　—「감각기관 1—터널의 내부」 부분

　이 시를 이렇게 읽어보고 싶다. 저기 보이는 사물이나 사태와 이를 대하고 있는 주체 사이에는 터널이 뚫려 있다. 인식 대상들과 우리 사이에는 투명하지 않은 장벽이 있으며, 저 대상과 만날 수 있는 것은 그 터널을 통해 장벽을 통과함으로써 가능한 것이다. 그 터널을 시의 제목인 '감각기관'이라고도 할 수 있겠다. 하지만 우리는 그 터널을 순식간에 지나가기 때문에 터널의 내부를 살펴볼 생각을 하지 못한다. 즉 대상과 우리 사이에는 직접적인 관계가 맺어져 있다고 착각하는 것이다. 그래서 "목적지를 향해 빠르게 스쳐간 길 중의 일부인 터라" 그 터널의 내부를 자세히 들여다보지 않고, 터널인 "당신을 기억하지 못"하는 것이다. 이에 시인은 대상 사물로 이어지는

"내장 같은" 감각기관인 터널 속에 있었던 상황을 기억해 보고자 시도한다. 시인이 터널 속에 서 있었던 것은 대상과 '나'의 사이에서 꿈을 꾸었던 때이거나, 감각기관에서 전송하는 물방울로 "머리와 옷이 젖었"을 때이다. 대상과의 만남 과정에서 꿈을 꾸거나 흥분으로 인해 분비된 눈물이나 땀으로 몸이 젖었을 때, 시인은 바로 터널의 내부에 존재할 수 있었던 것이다.

감각기관이라는 터널을 의식하지 못한다면, 사물과의 즉각적인 만남밖에 이루어지지 않을 것이고, 그것은 결국 사물의 외면만을 인식하게 할 것이다. 하지만 사물과 '나'의 만남이 이루어지는 과정에 주의하게 될 때 그 만남을 중재하는 터널—감각기관—의 내부를 인식하게 되고, 이러한 내부에 대한 인식은 사물의 이면으로 접근할 수 있는 길을 열 수 있다. 왜냐하면 주체는 이러한 인식을 통해 사물과의 즉각적인 만남을 의심하고, 만남 과정 자체에서 일어나는 감각기관의 변화를 감지하면서 그 변화를 일으키는 사물의 몸을 읽어나가기 때문이다. 그래서 시인에겐 "문득 꽃 한 송이를 어루만지며 몸으로 읽고 난 후/ 일기를 쓴다는 소녀"(「감각기관 3—꽃의 내부」)는 사물의 내부로 들어갈 수 있는 방법을 알고 있는 스승과 같은 이다. 시인은 소녀와 같이 꽃을 더듬긴 하지만, "꽃의 내부를 휘젓던 더듬이의 촉감"을 기억할 수 없어 이를 일기에 재생할 수 없었다. 아직 시인은 그 소녀처럼 꽃을 몸으로 읽지 못하고 "꽃의 태생이 원래부터 아름다웠는지 내부 사정도 궁금"(같은 시)해하는 정도에 머물고 있는 것이다.

　네 번째 연작시인 「물의 내부」나 다섯 번째 연작시인 「불의 내부」에서도, 시인은 그 대상을 "어루만지며 몸으로 읽"지는 못하고 치밀하게 관찰하는 선에 머문다. 하지만 시인은 그러한 관찰을 통해 "바닥에 스며드는" '물방울'에서 "순도가 가장 높고, 완벽한 원/ 정교한 만삭"(「물의 내부」)을 본다거나, "맹렬한 불꽃"에서 "불타오르는 혀의 내부에서 생성되는 하얀 재"(「불의 내부」)를 발견하고 있다. 이러한 발견은 사물에 대한 즉각적인 인식을 통해서는 이루어질 수 없는 것이다. 시각이라는 감각기관을 최대한 발동하여 보통 그냥 지나칠 수 있는 사물의 어떤 모습에서 그 모습 이면에 숨어 있는 사물의 이미지를 읽어내려고 했기 때문에 가능했을 테다. 즉 이 발견은 사물 이면에 묻어 있는 어떤 흔적을 찾아내고 이를 이미지로 번역하여 시화詩化하는 데서 이루어진다. 그 흔적을 찾아내는 감지력과 이를 이미지화할 수 있는 능력은, 시인의 감각기관이 대상에 충격적으로 반응하는 동시에 대상에 대한 상상력을 증폭시킬 때 얻을 수 있다. 그런데 그러한 감지력과 상상력은 다음과 같이 어떤 마을에 있는 '저수지의 배후'를 읽어내고 이미지화하는 데에도 발휘된다.

어둠에 방치되어 있는 저수지
주름진 사연처럼 깊고 고요해서 섬뜩하다
출렁이지 않는 검은 방이다
어느 늙어빠진 발목을 붙잡고 꽉 다문 입처럼
놓아주지 않았다던 저수지
죽음에 대한 의도가 고정되어 있지 않은 탓에
시체를 찾은 가족은 자살로 추정하고 짧게 상을 치렀다
고 한다

조문객도 없던 영혼을 진흙에서 끌어올릴 생각은 추호
도 없지만
밑바닥을 내보인다는 것
부러진 낚싯대, 페달 없는 자전거, 밑창이 뜯겨나간 구두
애인의 반지를 던져버린 표면에 증오가 득실거리고
물이끼가 피어 있는 방
간혹 저수지는 송곳니를 드러내다가도 물속을 들여다
보면
물뱀의 등처럼 푸르러진다

저수지 방향 쪽으로 이어진 도로에서 쏜살같이 빛을 뿌
리고 가는 바퀴

빛이 증발한 수면에 뱀 헛바닥 같은 안개가 피어오른다

더 이상 농사를 짓지 않는다는 마을 중심에서 뻗어나가
는 뿌리처럼

흉흉한 소문과 전말을 알 수 없는 사건으로 낚시꾼도 찾
지 않는 저수지

부패한 시신을 감싸줄 거적도 없는 검은 입

열린 무덤

         —「저수지의 배후」 전문

 시인은 의도적으로 이 시를 시집의 마지막에 실은 것이
아닐까 생각된다. 앞으로는 본격적으로 세계의 배후를
읽어내겠다는, 시인의 출사표처럼 생각되는 시이기 때문
이다. 시인은 이 시에서 "깊고 고요해서 섬뜩"한, "어둠
에 방치되어 있는" 저 '저수지'의 "밑바닥을 내보"이고
자 한다. 그래서 그는 "어느 늙어빠진 발목을 붙잡고 꽉
다문 입처럼/ 놓아주지 않았다던" 저 저수지를 치밀하게
관찰하면서 그것의 밑바닥에 있는 사물들을 끌어내고는,
저수지의 배후에 얼룩져 있는 흔적들을 이미지화한다.
시인은 부러진 낚싯대에서 밑창이 뜯겨나간 구두까지 저

수지 밑바닥에 놓여 있을 사물들을 내보인 후, "출렁이지 않는 검은 방"인 저수지가 "표면에 증오가 득실거리"면서 "송곳니를 드러내다가도", 소름끼치게도 물속이 "물뱀의 등처럼 푸르러진다"는 이미지를 도출한다. 또한 물뱀처럼 미끈한 저수지의 "빛이 증발한 수면"에는 "뱀 혓바닥 같은 안개가 피어오"른다는 기분 나쁜 이미지는, "부패한 시신을 감싸줄 거적도 없는 검은 입/ 열린 무덤"이라는 극도로 불길한 이미지로 진화한다.

앞에서 잠시 언급했듯이, 시인이 이 시로 시집을 맺은 것은 그가 앞으로의 시 쓰기 작업을 어떤 사물의 배후에 얼룩져 있는 흔적을 읽어내고 이를 이미지화하는 일—그것이 저 저수지의 그것처럼 극도로 불길한 무엇일지라도—이라고 생각하고 있기 때문이 아닌가 한다. 그러한 작업은 "지독한 안개가 지나는 차들을 겁탈한다/ 모두가 무지몽매해서 차창을 열고 고함을 지르지만/ 안개 밧줄은 치아처럼 단단하다"(「밤의 도로」)라는 이미지로 나타나기도 한다. 그것은 안개 낀 밤의 도로에 얼룩진 흔적을 저 풍경으로부터 뽑아내 이미지화한 것이다. 그런데 이러한 작업은, 시인이 말하고 있듯이 "먼지 날리는 샛길"을 가는 일이요, "밤마다 구덩이에 빠지는 위험한 통행"(같은 시)을 하는 일이기도 할 것이다. 시인은 감히 이 길을 가고자 한다. 시인이 이러한 위험을 각오하는 것은, 그러한 작업이 유리컵에 갇혀 있는 우리 삶의 실재를 인식하기 위한 것과 통하기 때문일 것이다. 그 실재에 대한 인식이 부정적이 되든 아니든, 결국 삶의 배후에 놓인 흔적을 리얼하게 드러내고 이미지화하여 구체적으로 인식할 수 있게 되어야지만, 삶을 해방시킬 수 있는 방도도 조금씩 드러날 수 있다. 시인은 여기까지 생각하기 때문에, 세계의 내부로 들어가 그 배후에 얼룩져 있는 흔적들을 이미지화한다는 저 위험한 통행을 각오하는 것일 터. 그러니 시인의 이 어려운 작업에 격려와 박수를 보낸다.